아! 이러니?
하고도
웃픈 시점

아! 이러니? 하고도 웃픈 시점

발 행 | 2022년 3월 4일
저 자 | 박상권
펴낸이 | 한건희
펴낸곳 | 주식회사 부크크
출판사등록 | 2014.07.15.(제2014-16호)
주 소 | 서울특별시 금천구 가산디지털1로 119 SK트윈타워 A동 305호
전 화 | 1670-8316
이메일 | info@bookk.co.kr

ISBN | 979-11-372-7443-3

박상권 콩트집

아! 이러니?

하고도

웃픈 시점

생이 나는 어느 작가님께

　실은 작가님의 책을 전해 받아 놓고도 한 주 이상은 사무실 책상 맨 아래 서랍 네스프레소 캡슐커피 바로 옆에다가 그야말로 방치해 놓고 있었습니다. 그나마 일터에서 누릴 수 있었던 유일무이한 호사마저도 미루어 두어야 할 정도였을까요?

　솔직하게는, 각종 업무가 폭주하는 연말연시였다는 변명은 새삼 구차한 것이었습니다. 삼십 년이 훌쩍 넘는 세월 동안 어디 이런 일이 한두 번이었던가요? 아! 업무에서든 책에서든 말입니다.

　휴일 늦은 저녁. 시간과 의무감에 몰려 쫓기듯이 겨우 펼쳐 들기 시작한 책은, 그러나 야심해졌다고 해서 우중 산책을 접듯 차마 멈추고 잠들 수는 없었습니다. 미리 부끄럽게 고백을 하나 하자면, 순전히 뱃살의 찌든 기름기 때문인지 지독하게도 독서와 멀어졌었던 저에게는 작가님도 책도 모두 처음이었습니다.

　가만, 무슨 수필집이랬지? 전문직업인으로서의 글쓰기와 관련하여 애써 무덤덤했던 앞부분이 껍질이 딱딱한 과일을 베어 문 듯한 느낌이었던 것은 아마 그래서였을 겁니다. 그 단단함 안쪽으로 고스란히 간직하고 있는 한 사람의 진솔한 내면에 다다르는 길이 그리 멀고 험하지도 않았는데도 저는 그랬었으니까요.

우리가 흔히 수필을 지극히 사적인 글로 치부하는 경향들이 있어 왔는데 저는 작가님을 따라 걸어가면 갈수록 참으로 성스러울 수도 있겠다는 다소 엉뚱한 느낌을 받았습니다. 이건 결코 아유도, 그렇다고 야유도 아니니 제발 오해는 말아 주십시오.

예전 학교에서 배운 대로, 수필이라는 고유한 장르의 본성에 충실할 때 그렇게 될 수밖에는 없으리라는 생각이 문득 들었을 따름입니다. 이런, 너무 옛날식인가요? 어쩌겠습니까? 사람도 생각도 그만 그렇게 되어버린걸요. 그래도 적어도 거짓이나 허풍은 아니었을 겁니다. 아마도요.

그게, 조금은 수줍든 당당하든 자신을 가장 솔직하게 드러낼 수 있다는 그 사실 하나만으로도 하늘로부터 마냥 축복을 받은 일이 아니겠습니까? 그렇지 못한 다른 장르들에 비해서 수필이 그렇고…… 또 그런 글을 실컷 쓰며 살 수 있는 작가님이 그렇고……. 그래, 부럽다 못해 막 샘이 나는 걸 전들 어쩌겠습니까?

여담으로, 그래서인지 자신에게 솔직하지 못한 자들이, 아니 솔직하게는 비겁한 자들이 길건 짧건 간에 가령 소설 같은 데로 숨어버리는 모양입니다. 남들이 뻔히 아는 데도 허세를 잔뜩 피우면서 말이지요. 그런 자들이나 기웃거리고 있으니 이 시대의 소설이 가장 비천한 자리에 처해 있어야 하는 것은 어찌 보면 마땅하겠습니다.

그러함에도 비겁하기도 비천하기도 이를 데 없는 일인도 못 되는 저 아니었겠습니까? 그런 제가 그동안 끄적거린, 그리하여 그나마 하찮은 소설만도 못한 콩트 집 한 권이 여기 있습니다. 어쩌면 어쭙잖게 수필을 부정한 듯이, 혹은 흉내 낸 듯이 보일지도 모르겠네요.

아무튼, 절대로 안 그러실 것 같은 수필과 작가님에게 내내 건승을 기원하면서도 다시 한번 어쩔 도리 없는 선망과 질시의 속된 눈길을 보냅니다.

2022년 겨울에서 봄으로일 무렵에,

대전에서 서투르게 글 쓰는 이가.

CONTENTS

제2부. 집에서

제3부. 밖에서

제1부. 혼자서

겨우 인생의 낭비는 그렇게

※ 관리자 공지 사항 ※

타인에 대한 무분별한 욕설이나 비방, 광고나 주제와 무관한 글은 임의로 삭제됩니다.

단, 경우에 따라서는 엄중한 법적인 조치가 가해질 수도 있으니 각별히 주의해 주시기 바랍니다.

☞ 알려드려요!!!

매주 방송된 노래의 가사는 편의상 다음 달 첫 본방송 시작 직전에 일괄적으로 공개합니다. 시청자 여러분들의 많은 이해를 바랍니다. ^^

관리자

2019.12.05. 23:00:00

〈 11월 방송분 노래 〉

제1주 잘살아 보세 한운사 작사/김희조 작곡

잘살아 보세 잘살아 보세

우리도 한번 잘살아 보세

    - 이하 생략 -

제2주　어린이 행진곡　김한배 작사/정세문 작곡

발맞추어 나가자 앞으로 가자

어깨동무하고 가자 앞으로 가자

    - 이하 생략 -

제3주　좋아졌네 좋아졌어　이진호 작사/전석환 작곡

좋아졌네 좋아졌어 몰라보게 좋아졌어

이리 보아도 좋아졌고 저리 보아도 좋아졌어

    - 이하 생략 -

제4주　들놀이　김미선 작사/스코틀랜드 민요

    - 생략 -

tritree

2019.12.05. 07:04:05

관리자님!

맨 처음 공지 사항에 명시되어 있는 대로 최근 타인에 대한 무분별한 욕설이나 비방이 자행되고 있는데도 엄중한 법적 조치가 가해지지 않고 있는 것이 서글프지만 엄연한 현실입니다. 또한 그러한 글들이 아직도 버젓이 살아남아 있기도 합니다.

그리고, 제가 진작에 제기했던 프로그램 제작과 관련한 의문 사항은 어떻게 오늘 밤 방송 전에는 해결이 되는 겁니까? 만약에 충분히 납득할 만한 답변이 없을 시에는 시청자의 소중한 권리를 사수

하기 위하여 모종의 가시적인 집단행동이 도모될 수도 있음을 양지해 주시기 바랍니다.

tritree

2019.11.28. 23:38:25

평상시 애청자는 아니지만……, 우연히 방송을 보다가 반드시 바로 잡아야 할 것이 있어서 화급하게 홈페이지에 들어와 회원 가입하고 간단하게나마 이렇게 글을 올립니다.

걸:다¹ [타](걸어, 거니, 거는)
① 드리워지게 하거나 달려 있게 하다.
예) 옷을 옷걸이에 걸다.
예) 벽에 액자를 걸다.

결:다² [—따][타][ㄷ불규칙](결어, 결으니, 겯는)
② 풀어지지 않도록 서로 어긋매끼게 걸치거나 끼다.
예) 서로서로 어깨를 겯다.

오늘 방송되고 있는 동요는 스코틀랜드 민요에 우리말 가사를 입힌 것으로 알고 있습니다. 오래전 아주 유명한 영화에도 나왔었고, 제가 국민학교 다닐 때는 풍금에 맞추어 많이 불렀던 노래이기도 하고요. 그때 담임선생님께서 위와 비슷하게 '걸다'와 '겯다'의 큰 차이를 설명해 주셨던 기억이 새롭습니다. 그래서 더 귀담아듣게 되었는지도 모르겠습니다만…….

그런데, 젊고 발랄한 출연자들이 하나같이 첫 소절부터 '나아가자 동무들아 어깨를 걸고'로 잘못 이해하고 있는데도 무사통과되는 대형 사고(?)가 한없이 이어지고 있으니 이게 웬일입니까? 그게 옷걸이든 벽에 박힌 못이든 어깨를 어디에 걸고서는 우리 어린 친구들이 한 발짝도 앞으로 나갈 수 없을 텐데 참으로 안타깝기 그지없군요.

도중에 어떻게 수정할 방법도 없는 녹화방송이다 보니 이거 돌이킬 수도 없는 방송사고나 아닌지 모르겠습니다. 우리 평범한 직장인들 같으면 제작진 전원이 윗사람에게 불려가서 크게 한방 깨질지도 모를 일입니다. 물론 제발 좀 그렇게 되라는 뜻은 아니니까……, 너무 오해는 하지 마시고요. 아무튼 제작진의 세심한 배려가 아쉬웠던 점만큼은 분명한 사실인 것 같습니다.

PS   그런데 정말 이런 글에도 관리자님께서 일일이 답변을 달아주시나요?

↳RhcElduwk

2019.11.28. 23:43:57

저는 그동안 '걸다'와 '걷다'만 있는 줄 알았는데 '겯다'라는 우리말도 있는 줄은 몰랐었네요! 이런 대중적인 오락 프로를 통해서도 유익하게 배울 것이 있다는 점을 일깨워 주셔서 감사합니다 ^0^

근데 글 중에 국민학교나 풍금이라고 하시는 거 보니까 쫌 되신

것도 같은데 이렇게 시청자 의견까지 남기시고……. 아무튼 tritree
님은 성격이 너무 액티브하신 분이신가 봐요? ㅎㅎㅎ

↳ ↳tritree

2019.11.28. 23:50:12

RhcElduwk님! 감사합니다.

제 보잘것없는 의견이 조금이라도 도움이 되었다니 보람이랄까
뿌듯함이랄까 그런 묘한 기분마저 느껴지게 되는군요. 그런데 여기
에 무슨 나이 제한 같은 거라도 있는 겁니까?

↳ ↳ ↳RhcElduwk

2019.11.28. 23:50:57

아하! 그럴 리가요?

앞으로도 좋은 의견이 있으시면 맘껏 올리셔도 아무 상관없어요.
저도 목요일 밤에는 동시에 방송도 보면서 여기서 살다시피 하는걸
요. 근데 상대적으로 높은 시청률에 비해서는 오히려 시청자들의
실시간 참여가 기대보다 적어서 왠지 쓸쓸하고 허전했거든요.

↳ ↳ ↳ ↳inspector2k

2019.11.28. 23:52:05

아무리 참여가 저조하다고 해도 그렇지 두 분께서만 계속 대화를
주고받으시면서 이런 식으로 게시판을 독점하시면 안 되죠!

특히 RhcElduwk님!

보아하니 그 흔한 꽃띠여자를 교묘하게 영문 자판으로 전환해서 여기저기 아이디로 정하신 게 뻔한데 어느 정도 쌩얼 미모이신지는 모르겠지만 너무 속 보이시는 거 아닙니까? 그리고 얼마나 할 일이 없으시면……, 본인 말씀처럼 이 게시판에서도 매주 빠지지 않고 보이시는 거 같구요. 그러니까 영예의 관종 호칭도 얻으시구요! ㅋㅋ

그리고 tritree님!

아무 부담 없이 웃고 즐기자는 겨우 예능 프로그램 하나에서 너무 진지하고 심각하신 것 아닙니까? 그까짓 거 어깨를 걸면 어떻고 또 어깨를 걸으면 어떻습니까? 이런 거 시시콜콜 따지고 들자면 너무 골치가 아프고 재미가 하나도 없잖아요?

아마도 여기 시청자 의견 게시판에 글쓰기는 처음이라 그러신 모양인데……, 그런 걸 요즘 꼰대 마인드라고 그러지 않던가요?

↳↳↳↳↳RhcElduwk

2019.11.28. 23:55:23

제가 한 미모하는 건 어떻게 아시구서 그런 말씀이시지요? 혹시 얼마전에 제 페북하고 인스타에 몰래 들어오시려던 분 아니신가요? 어차피 거기도 이거랑 똑같은 아이디를 바꾸든지 해야겠네요.

글구 미모니 관종이니 하는 이런 말들은 듣기에 넘 심하신 거 아닌가요? 이번에는 특별히 그냥 넘어가 주겠지만 인신공격으로 걸으면 충분히 걸리니까 앞으로는 레알 조심하셔야 될껄요!!!

↳↳↳↳↳↳tritree

2019.11.29. 00:05:12

inspector2k님!

정말 본인이 무슨 명탐정이라도 되시는 겁니까? 그러니까 제가 옛날 말로 꼰대, 그러니까 선생이었던 건 어떻게 아신 겁니까? 혹시, 옛날에……?

말이 나왔으니 말인데, 보아하니 내 제자뻘 나이도 안 되는 분들 같은데 이런 공적인 공간에서는 서로 예의를 지켜야 마땅하지 않을까요?

그리고 우리 꽃띠여자님?

이 게시판 말고 다른 활동도 열심이신가 봅니다? 저는 카톡 말고는 이게 처음이거든요. 은퇴 이후에 하도 적적해서 어떻게 간단한 트위터라도 시작해 볼까 생각은 있는데 도무지 엄두가 나질 않습니다만. 아예 이참에……?

↳↳↳↳↳↳RhcElduwk

2019.11.29. 00:07:46

아, 선생님이셨구나 :)

어쩐지 유식하시다고는 생각했어요! 근데 무슨 과목 가르치셨어요? 아, 맞다! 국어시죠?

나 고등학교 3학년 때 국어 선생님 되게 좋아했었는데……. 살짝 대머리에 배가 귀엽게 토실토실 나오시고 노총각인가 홀아비였어도 여자애들한테는 참 짓궂으시면서 다정하게 구셔서 인기가 엄청 많앉었었거든요!

선생님도 그러셨어요? ^-^

↳↳↳↳↳↳↳tritree

2019.11.29. 00:10:21

숫자는 나이에 불과? 아무튼 아무리 나이가 들었어도 아직은 그렇지는 않은데……, 우리 꽃띠여자님 같은 학생들을 많이 귀여워한 건 사실이겠죠? 이렇게 착하고 예의까지 바른데 어떻게 안 예뻐할 수가 있었겠어요?

↳↳↳↳↳↳↳↳inspector2k

2019.11.29. 00:10:59

이런 말까지는 안 할려고 그랬는데 정말 놀고들 계시네요?

본인 말처럼 이런 공적인 공간에서 뭣들 하시는 겁니까? 진짜! 주책 질에 푼수 짓에…….

아닌 밤중에 홍두깨질도 아니고 아주 꼴들 좋다!!!

↳↳↳↳↳↳↳↳↳RhcElduwk

2019.11.29. 00:11:37

아니, 뭐라구요? 정말 말씀 다 하셨어요? 어쩜 그렇게 무식하게……!

↳↳↳↳↳↳↳↳↳↳tritree

2019.11.29. 00:12:05

뭐어? 보자 보자 하니까 도대체 나이도 어린 게 싸가지 없이……!
너 학교 다닐 때 어땠을지는 안 봐도 뻔하다. 비디오라고!

- 이하 전문 생략 -

텔레비전에 네가 나왔으면

드디어 오늘이 첫 방송이다! 바로 목요일 저녁 6시부터.

당연히 하이라이트인 7시 가까이나 되어서 무대에 오르게 되겠지만 미리미리 철저하게 준비는 해 두어야 할 것 같았다. 그게 올바른 자세라고 예전부터 알고 있었기 때문이다.

이런 걸 어디 돈만 아는 한심한 소속사나 이른바 권력자 방송국 놈들이 알기나 할까? 아니면, 전 세계 방방곡곡에 널려 있는 팬클럽을 위시해서 누구한테서 배우고 자시고 했어야만 하는 문제일까?

이번은 근 1년 7개월 만의 컴백이니까 많이 늦은 편이긴 했다. 자꾸만 새로운 컨셉으로 변신하여 복귀할 수 있는 텀들이 길어진다는 것은 그리 바람직한 현상은 아니었다.

그래도 10년 가까운 세월을 대한민국을 대표하는 K-팝 아이돌 그룹으로 버텨올 수 있었다는 데에 자부심이든 안도감을 느껴도 되지는 않을까? 이미 소속사에서도 원톱의 위치는 아닌 데다가, 시장이고 방송이고를 휘감고 있는 환경 역시 급변하는 상황 속에서는 더 그래도 될 것 같았다.

그리고, 더더욱 대단하다고 말하지 않을 수 없는 이 팬시하고 판타스틱한 팬덤 역시도…….

솔직히 그 극성스러운 팬클럽 자체도 마음에 썩 내키지 않기로는 마찬가지이다. 일단은 여기저기 위아래 그야말로 좌충우돌에 부지기수! 전혀 정리가 안 되어 있는 것으로 보인다.

아주 가까운 예로, 우리 동네 상가 뒷골목의 비 프랜차이즈 그 언제, 누구나! 커피 클럽도 그것들 가운데 하나의 본거지라고 하질 않던가? 우리 멤버 다섯을 전부 태운 순백의 프리미엄 대형 밴이 안락하게 정차할 곳조차도 변변찮았던 명색이 성지순례 터라는 데가 말이다.

바로 그 언제, 누구나! 커피의 진한 에스프레소 향에 이끌려 굳이 리필 서비스가 제공되지 않는다는데도 주말 오후에 거의 위장 수준의 내 복장만을 믿고 우연히 들르게 되었다가는 그만 깜짝 놀랐다. 들어서자마자 웬 조무래기들이 바글바글 한가득, 그러고도 그리 좁지 않은 2층 공간까지 거의 채우다시피 아예 또 한가득, 정확히는 두 가득인 까닭이었다.

다들 원두커피의 성인스럽든 성스럽든 한 맛도 모를 채 열일곱도 되지 않은 중학생 나이대? 게 중에는 신체적인 발육만 일렀지, 대뜸 불쑥불쑥 내뱉는 말투로는 분명 초 5, 6밖에는 안 되었을 여자친구들도 적잖았다.

"오빠! 이것도 팔려고 하는 거 아니야! 그냥 방문객들이 감상하고 사진이나 찍으면서 성스럽게 기념하라고 전시만 해놓는 거니까 그 누구도 함부로 망치거나 가져가게 내버려 두면 책임지셔야 해요! 으응?"

"예! 예! 잘 알고 있습니다. 우리 부총무 언니는 오늘도 시원한 피치 슬러시이시지요? 1차에 한해서 리필 가능하시구요오!"

더 놀랐던 것은 북적도 복작도 다 피해서 평일 오후의 한적을 노렸을 때였다. 아무리 그렇다고는 해도, 확실히 초등생은 아닌 현실 유니폼 아이들이 학교를 일찍 파한 건지, 아니면 학교의 감시를 피해 일찌감치 도망쳐 나온 건지 당당히 단골 자격으로 한 자리씩 죽치고 앉아 있는 것이었다.

그것도 예외적으로 리필 허용이라는 과도한 특혜를 무릅쓰면서까지? 그들은 우리 멤버들의 사인이 들어간 포스터든 화보든 매거진이든 CD든 굿즈든 가리지 않았다. 심지어는 많이 노안이지만 영업상으로뿐만 아니라 여러 가지가 다소 불안정해 보이는 가게 사장이든 뭐 하나 거침이 없이 철통 감시에 돌입할 태세였다.

마땅히 이런 유아나 소녀적인 감성의 팬들 분위기가 나에게는 어울리지 않는다고 생각한다. 그러나 말도 되지 않게, 이런 거라도 있으니까 내가 그나마 그룹의 활동에 보조를 맞출 수 있다는 마음도 한쪽 구석에서 들기는 한다.

그래서 이제까지 내 정체를 철저하게 드러내 놓지 않은 채 그 언제, 누구나! 커피 클럽을 즐겨 찾았는지도 모르겠다. 덕분에 오늘 밤의 웰컴 백 무대도 가능했겠지만…….

그건 그렇고 대망의 오늘 밤 스테이지 코스튬은 어떻게 한다?

때가 때인지라, 청바지와 티셔츠에 달랑 통기타 하나 들고서는 너무너무 거슬러 올라간 레트로 갬성일 뿐이다. 요즘에 누가 대학에 또 강변, 해변 하던 예전 가요제 풍을 이해하려 들기나 할까?

이미 발끝마다 채이기도 포기한 채인 각종 채널의 반짝반짝 트로트 의상에 잔뜩 움츠러들어서 어딘지도 모르는 구석에 까맣게 처박혀 있기라도 하면 그저 다행이겠다. 그나저나 그놈의 뽕짝 가락은 정말 대단하기도 끈질기기도 하다만은.

사실, 애초에 내가 말하려고 했던 때는, 뭐 그렇게 거창한 대중가요의 시대적 트렌드가 아니었다. 지금이 계절적으로 뜨거우리만치 의가 좋다는 초복, 중복, 말복 형제들의 전성기여서 일단 한번 해본 걱정이었다.

노래 빨, 안무 빨, 외모 빨 말고도 슈트 빨 추가라고 누군가 그랬다는데……. 그래서, 빵빵하게 에어컨 상시 가동 중임에도 땀을 뻘뻘 흘려야 하는 한여름의 복장 관리가 그렇게나 힘든 것 아니겠는가?

시원시원해 보이라고 스커트든 팬츠든 일단은 최대한 짧고 타이트하게 갈까? 포인트가 하의에 맞추어지면 위는 무난하게 어울리는 걸로 아무렇게나 골라잡아도 예쁠 거 같은데…….

한여름의 크리스마스라는 그 진부한 설정을 피하려면 저 체크무늬의 옛날 빨강 비로드 느낌 나는 패브릭 소재는 절대 안 되겠고……. 가만, 얼굴과 머리에도 뭔가를 해야 한다면, 계절을 역으로 반전시키는 이 발상도 나쁘지는 않을 것 같기도 한데…….

아! 도대체가 모르겠다. 정신과 전문이 아니라서 주치의가 말해

주지 못한 일종의 치명적인 결정 장애라도 나에게는 있는 걸까? 그
것보다는 아무래도 너무 오랜만의 무대다 보니까 이런 혼란과 시행
착오를 겪고 있다고 보는 편이 맘 편할 것 같았다.

그러니까 인제 더 자주 더 많이 무대에 서야 하겠지? 앞으로야
어떻게 될 줄 예측할 수 없어도……, 그래야만 될 결정적인 이유로
는 이러면서도 내가 지금 몹시도 즐겁고 행복하고 막 흥분되고까지
있다는 점, 바로 이 부정할 길 없는 현실이었다.

한결 조신스러우면서도 마음껏 성숙한 분위기를 연출할 수 있는
판탈롱 스타일의, 언젠가 보았던 우리 안에 갇힌 침팬진지 고릴라
새끼의 것은 절대 아닌, 롱슬리브 원피스를 그래서 다시 집어 들었
을 것이다. 그리고, 한때는 제법 빨라 보이기도 했던 하관까지 휘감
아 줄 수 있는 풍성한 실크 머플러를 목 주위에 둘러 주었다.

현재 진행 중인, 아래에서 위의 방향대로 여기서는 브랜드를 밝히
기 곤란한 짙은 저 선글라스도 착용해야겠지! 아, 참! 그리고 일부
러 알록달록한 색상으로만 골라서 직접 유럽식 대나무 짜기를 해서
완성한 이 니트 모자로 깜찍, 끔찍하게 마무리를 하면……?

이것이야말로 다름 아닌 나의 최고, 최후이자 거의 유일무이한 컬
렉션으로 방금 그, 인제 시간이 별로 없으니까 줄여서, 누구나! 커
피를 막 다녀온 코스튬 그대로이기도 하였다.

복귀 무대 준비로 정신이 없다면서도 왜? 나는 운명적으로 허기
와도 같은 굴레를 이고 지고서 이 세상에 태어났으니까!

일단 그것은, 월드컵 4강 정도로는 우리는 아직도 많이 배가 고

프다든지……, 그래서 저희는 인기도 이슬도 아닌 팬분들의 사랑을 먹고 산다든지……, 이런 따위가 아니었다. 다들 비유적으로, 나아가 으레 관례상 이러는 매우 단순명료한 차원의 배고픔이 될 수는 없는 까닭이었다.

나는 언제나 늘 진짜 실체적 감각으로서의 강인한 허기를 항시 내 빈약한 심신에 담고도, 또 달고도 살아야만 했다. 그리고, 바야흐로 그것들이 더욱 그 큰 위력을 발휘하려는 정점이 바로 지금이기도 하였다. 컴백 공연을 겨우 한 시간도 채 남겨놓지 않은 바로 지금, 이 순간에 말이다.

요기라는 단출한 용어보다는 잠시 시장기를 속인다는 표현이 더 잘 어울릴 법하고, 그래서 더더욱 정감 어리도록 다가오고 있는지도 모를 일이었다. 앞에서 말한 계절감을 초극한 완전 무장으로 나 자신부터를 감쪽같이 속이고, 결국에는 이 세상 모든 이들을 완전 무결하게 기만하고서는 그 언제, 누구나! 커피 클럽에를 휭하니 꽁무니에 뜨거운 바람이 일도록 다녀왔으니까.

돌아오는 손에는 핫초콜릿 딜럭스와 갓 구워낸 치케 한 상자를 마치 전리품처럼 자랑스럽게 움켜쥐고서는…….

비록 내가 이럴 지경이라도 오늘 밤만큼은 좀 자제를 해야 한다는 점 모르고 있질 않았다. 그리고 최대한 절제하고 나 자신을 철저하게 통제할 각오이기도 하다. 그만큼 나에게는 무대가, 방송이 더 중요하니까. 자칫 우리 멤버들의 칼 각 군무를 놓치기라도 하면 정말 낭패가 아니라 그야말로 비상사태 아닌가?

그리하여 아무리 속이 허해도 지금 들고 들어온 것까지만 허락해 줄 생각이다. 이 따끈한 초코 한 잔과 내 손바닥보다 조금 더 큰 보드라운 치즈케이크 한 덩이 이상은 절대로 안 될 것이었다. 실은 더 이상 먹을 만한 것도 내 주위에는 없다. 내가 진작에 일부러 그렇게 만들어 버렸으니까…….

무대에 서기 전에는 신경이 예민, 예리하게 곤두서서 물 한 모금조차도 받질 않는다는 사람들도 있다질 않은가? 그러니 나도 몸의 감각이 더는 둔해지지 않도록 관리하자는 것이다. 언제까지? 넉넉 잡고 이 소중한 방송이 무탈하게 끝날 때까지만이라도.

바람대로 아무런 사고 없이 성공적으로 무대가 끝나고 난 뒤에는? 이제 우리 멤버들과……, 아! 혹시 멤버들이 다른 스케줄로 바빠서 여의찮다면은 나 혼자서만이라도 성대하게 자축을 해야겠지? 그 흔한 치킨, 피자, 족발 3단 콤보 세트라도 모조리 다 시켜놓고서. 아! 맥주, 소주와 시원한 탄산음료도 빠뜨리면 안 되겠다.

이것이 진정한 팬의 위엄이자 마땅한 도리일 테니까!

어디, 심하게 음흉한 걸 모르고 걸 그룹을 응원하는 삼촌 팬만, 아니면 다소 주책맞아 보이게 보이 그룹을 지지하는 아줌마 팬만 있으라는 법이 있는가? 체질에도 맞질 않는 병역의 의무에 불철주야로 시달릴 때 커다란 위안이 되어 주었던 우리 군통령 아이돌 어린 오빠들에게 보시다시피 지금까지도 흔들림 없이 충성을 다하는 나 같은 존재도 있는 거지!

그런데 진작 떠나간 내 룸메 말로는 자꾸만 내가 굳이 삼촌인 것도 아줌마인 것도 같아서 막 헷갈리는 게 조금 문제긴 하다는

데……. 뭐, 아무러면 어때! 이렇게 그 누군가를 진심으로 좋아하기만 하면 되는 거 아니……? 가……, 가만!

오옷! 드디어 우리 오빠들이 혼자만의 페이소스 컨셉으로 등장할 순서다앗!

어어? 우리 와이키키 부라더!

[첫날은]

2001년 10월 27일 토요일 오전 11시 30분경.

시내 유명 백화점 최고층에 자리한 멀티플렉스의 비교적 구석진 상영관.

다섯을 겨우 넘을까 싶은 관객이 오히려 객석의 적막함을 더욱 배가시키고 있는 그 공간에 진정 우연이 아니게도 내가 있었다. 지극히 기계적인 메커니즘에 의해 우리 앞에 영사되고 있을 서사물인 〈와이키키 브라더스〉와의 해후는 이렇듯 을씨년스러운 분위기 속에서 별다른 긴장이나 기대감도 없이, 이를테면 거의 '무방비 도시'적인 상태에서 이루어졌다.

흔히 접하기는 어려운 여성 감독이 제목 일부처럼 비와 허탈감이 넘치는 단편인 〈우중 산책〉 말고도, 아주 열악한 화질의 낡은 비디오로 봤었던 〈세 친구〉로 장편 데뷔를 했지, 아마? 친구 셋이 각각 섬세, 삼겹, 무소속이었던가? 무슨 조직 폭력배도 아니고 주인공의 이름들이 다 왜 이래? 그랬었는데……

나는 은연중 예감하고 있었는지도 모른다. 내가 방심하고 있는 사이에 이 영화가 알량한 나의 이성, 나의 논리, 나의 감상, 나의 체온, 나의 표피, 나의 눈물샘을 꼼짝하지 못하게 봉쇄하고, 결국에는 고갈시킬지도 모른다는 사실을. 그러나 그간 그래왔듯이 그것은 잠시 스쳐 지나가는 파문 같은 것에 지나지 못 하리라는 영악한 연륜 또한 한 구석에는 준비되어 있었을 테다.

(본 영화는 전국 동시 개봉으로 정확하게는 언제까지가 될지는 모르겠으나, 분명 현재 상영 중에 있으므로 스포일러 예방 차원에서 자세한 내용 소개나 해설은 관례상 생략합니다. 일부 본인과 같은 처지인 무임승차 족들의 너그러운 이해를 구하는 한편, 한국 영화 발전을 위하여 비록 많지 않은 수의 개봉관이지만 직접 찾아서 관람하기를 정중하게 권합니다.)

환상과 현실을 말없이 구획 지으며 스크린을 말아 올라가는 크레딧 앞에 꽤 오랜만에 서 있으면서도, 다소 거칠게 차를 몰며 찌푸린 하늘을 마음에 이고 집으로 돌아오면서도, 영화에 관한 정보를 더 얻는답시고 인터넷을 기웃거려 대면서도 쉽사리 채워지지 않을 목마름과 배고픔이 나를 괴롭힐 것이라는 흥조에 시달렸다. 밤을 새워 창밖 메마른 포도를 흠뻑 적셔주는 가을비로도 이 기갈은 도무지 해소될 것 같지가 않았다.

나는 정말 두려웠다. 아주 옛날에 그랬듯이.

[옛날에]

군불조차 들이지 않는 텅 빈 방에 놓여 있는 낡은 흑백 텔레비전. 지역 상업방송이 주말 오후를 때우기 위해 편성한 방화 시리즈. 혼자서 입김을 불어가며 보았던 그 많은 영화, 영화들. 〈와룡선생 상경기〉, 〈청춘 쌍곡선〉, 〈여사장〉, 〈수학여행〉, 〈적자 인생〉, 〈장마루 촌의 이발사〉, 〈그 여자의 일생〉, 〈어느 여대생의 고백〉, 〈렌의 애가〉, 〈까치 소리〉.

그리고, 소년을 까닭 모를 두려움에 떨게 했던 그 〈육체의 길〉!

창밖에 네온사인이 배경으로 반짝이는 호텔 방. 단란하고 안정된 생활을 누리던 중년의 사내 김승호가 가련한 사기꾼 여인 김지미의 눈물 앞에서 무너져 내리는 장면이 뚜렷하게 각인되어 있는 〈육체의 길〉! 지금도 결코 제목만큼 통속적이질 않았다.

장성한 자식들을 먼발치에 숨어서 지켜보다 "아들이 죽은 게 아니라 그 애비가 죽었지요!"라는 말을 까맣게 자신을 알아보지 못하는 큰아들 신성일에게 남기고 사라져 가는 아버지 김승호의 뒷모습. 소년은 설명할 길 없는 갈증 같은 것을 느꼈다. 그렇듯 열 살 남짓의 소년에게 세상은 경이로운 것만큼이나 곤히 잠들지 못하고 소스라쳐 깨는 두려운 것이었다.

소년은 한동안 차가운 방에서 혼자서 영화를 볼 수가 없었다.

[다음날도]

　하루를 쉬고 다시 일터라는 일상으로 되돌아왔지만, 나는 무엇보
다도 먼저 〈와이키키 브라더스〉라는 갈증부터 풀어야 했다. 이번에
는 그 옛날의 소년처럼 까닭 모를 두려움에 떨며 애써 영화를 외면
할 수는 없다는 다짐도 했다. 그러나 여전히 혼자서는 자신이 없었
다.

　그래서 그간 마음이 은연중 통하던 소년 시절부터의 친구 몇을
부추겨서 다소 들뜬 분위기 속에서 다시 한번 〈와이키키 브라더스〉
를 보기로 했다. 고백하건대, 도저히 그럴 수밖에는 없었다. 그 전
에 속 든든히 기름진 저녁도 먹어 두었다. 이번에는 나름대로 방비
를 차리고, 여전히 그 옛날의 썰렁했던 빈방과도 방불한 상영관 안
으로 들어선 것이었다.

　*(겨우 며칠 전과 다름없이……, 본 작품은 전국 동시 개봉으로
확실하게는 언제까지가 될지는 아무도 모르겠지만, 아직 상영 중이
므로 스포일러 재발 방지 차원에서 자세한 내용 소개나 해설은 양
심적으로 생략합니다. 많은 다양성 영화 지지자들의 넓고 깊은 이
해를 바라는 한편으로, 바람직하고 건강한 대중문화의 존속을 위하
여 극소수의 스크린을 손수 찾아서 몸소 감상해 보시기를 다시 한
번 진심으로 권해드립니다.)*

기계적인 메커니즘은 우리에게 복제와 반복이라는 치부를 뜻하지 않게 보여주기도 한다. 똑같은 광고, 똑같은 예고편, 그리고 이제는 빤해진 본영화의 줄거리? 그러나 나에게는 정해진 대로 다시 마지막 폰트들이 말아 올라가는 그 순간까지도 〈와이키키 브라더스〉가 복제품이라는 생각이 들질 않았다.

감히 목마름이 이제는 완전히 해소되었다고 말할 수는 없겠지만, 그 실체 자체를 인정해야 한다는 생각을 내내 하면서 영화를 보아 내었노라는 자위가 있었다. 다시 돌아오는 차 안에서 평소에도 여주인공 같았던 한 친구와 단둘이 나눈 깊이 있는 대화도 역시 목마름을 인정하는 현실적인 것들이어야 하지 않았을까?

[그날 늦게]

그래서였을까? 간단하게 목이나 축이고 들어가자던 뒤풀이가 무한정 길어졌던 까닭이. 결국에는, 남녀 불문 '나가자, 동무들아! 어깨를 겯고'에서 감히 둘만의 순정한 '손에 손잡고'로도 이어지려던 지하 노래방까지도……. 그래도 〈와이키키 브라더스〉에 등장했던, 예전 FM 영화음악실로 치자면 오리지날 사운드트랙들로만 골라서 부르려고 용과 기를 썼다면 좀 용서가 되려나?

아! 그것보다는 누군가 따라서 부르지도 못할 J. Geils Band의 'Come Back'이라도 걸어 놓지 않았더라면……. 자칫 영화에서처럼 절대 작지 않은 불이라도 나서 영영 돌아오지 못했을는지도 모르겠다. 이게 다 어어? 하다가 당하게 된 우리 와이키키 부라더! 바로 그들 때문 아닌가?

다행히, 날짜가 바뀌어버린 심야에 너무 이른 귀가를 하고 보니……. 이런! 내일이, 그러니까 오늘이 기어이 나의 마흔 번째, 점잖게 말해서 불혹을 맞이하는 첫날이라나? 순백의 잠자리 날개옷을 입고 잠들었을 채인 아내가 옅은 꿈결에도 원망스럽게 웃으며 맞아 준다.

더욱이 그렇다면……, 내 젊음이 다 가기 전에 한 번 정도는 그랬어도 괜찮잖아?

굳이 그러시다면야……, 이 선녀님께서 아쉬운 대로? 그러지 않아도, 어디 한번 죽어 보기에 딱 좋은 날이네? 하지만, 내 특별히 살려는 드릴게!

야! 이 즉흥 멘트들……, 너무 좋다! 마치 한국형 느와르 영화의 결정적인 장면마다 등장할 법도 한 장차 주옥과도 같은 대사들 아니겠는가?

희미한 옛사랑의 이제 그린

아이고, 골머리야!

이거 어쩐지 망신살이 단단히 뻗치게 생겼잖아? 다들 젊었을 적에도 그랬지만, 극히 몇몇을 제외하고는 대부분 아줌마가 다 된 지금은 더 좀 말이 많은 애들이어야 말이지? 나만 이렇게 시내 한복판 외딴 모텔방에 내버려 두고서는, 새벽같이 무슨 바쁜 일들이 그렇게나 많다고 뿔뿔이 지들 갈 데로 간 것만 보아도 모르겠어? 바쁘기로 치면 지금 나만 한 사람이 어디 있다고…….

어디 내가 방이라도 잡자고 먼저 나서서 바람이라도 잡았더라면 말도 안 해! 웬만큼 밤도 늦었는데 나이까지도 애매모호한 여자들이 젊음의 거리에 떼지어서 싸돌아다니는 꼴을 보이기에 좀 그렇다고, 그래도 사뭇 엄중한 팬데믹 시국과 사실은 나름 공인이라는 내 신분상의 제약 탓이 더 컸겠지만……, 점잖게 딱 한 마디를 꺼내었을 뿐이었는데…….

"그러면 우리 여기 근처에 가까우면서도 조용한 데로 들어가서 딱 한 잔씩들만 더 하자! 특히 남들 눈치 보느라 샐러드하고 에스프레소 말고는 맥주도 한 모금 입에 대지 않은 너! 괜히 뒤로 빼지 말고 나하고 끝까지 가는 거야! 우리 둘만큼은 오늘 밤 예외적으로 자유 부인이 다 된 얘네들하고는 완전 다른 올웨이스 자유 처녀 아니냐? 히히힛! 그런데 이 말이 맞긴 하나, 응? 유, 메이비 자유 처녀! 흐흐홋!"

얘는? 내가 언제 남들 눈을 의식하고 몸을 사렸다고 호들갑이야, 호들갑이? 평상시 보여주던 대로 우리 시대의 새로운 대중문화를 선도하는 셀럽으로서의 품격 있는 자태를 사적인 모임에서도 추호도 흐트러뜨리지 않았을 뿐이지! 근데……, 야! 여기가 바로 근처고 그 근처가 결국은 가까운 데거든요?

뭐 아무튼 좋아! 그딴 거는 봐줄 수 있다고 쳐도 자유와 처녀라는 말도 안 되는 조합보다는 아무리 빨아도 뭐는 뭐라는 차마 입에 담기도 물기도 과분했던 새파랄 때 표현이 너한테는 여전히 더 잘 어울린다고 생각하지는 않니? 이 얼티메이틀리 유니버셜 누덕누덕 어쩌구저쩌구야! 호호홋!

이거 근데……, 차마 그 말 한마디를 목구멍으로 올리기는커녕 생각만 해도 골치가 지끈지끈 쑤셔대는걸!

차라리 어젯밤 많이들 풀어졌다 싶었을 때 시원스레 던져주었더라면 지금 이렇게까지는 아닐 건데……. 분위기를 좌지우지하던 노(老)처녀, 혹은 노(No)처녀? 그 애한테 말려들어서 내가 먼저 풀어져 버린 게 다시는 돌이킬 수 없는 잘못이지 뭐! 하기는 그렇게까지 모질게 대하면서 다시는 안 보겠다는 듯이 자리를 뜨지 않은 것이 생각하기에 따라서는 그나마 다행일지도 몰라. 사실 생각처럼 걱정처럼 그렇게 모처럼의 느낌 자체는 나빴던 게 아니었으니까.

아, 온갖 오지랖만큼이나 모텔방 걸레질에도 능했던 그 애 말고 바로 그!

일단은 언제 어떻게 연락이 닿았는지 선홍빛으로 노을 진 여자들만의 방으로 기어이 다시 불러들인 그 애도 그 애였지만, 그렇다고 대뜸 쳐들어온 파릇파릇한 그도 영 마뜩잖았기는……. 함께 들려왔던 매운 족발 기름진 모둠 세트 때문에라도?

어쨌거나 그보다 더한 문제는 진짜 모처럼이었던 그를 끝끝내 거부하지 못하고 나중에는 온통 침대를 어지럽히면서까지 온몸으로 받아들인 나는 또 뭐란 말이냐고? 아직도 강렬하고 지독한 그의 체취와 진액을 이렇게 내 몸 곳곳에다 깊숙이 간직한 채로다가.

그나마 다행인 것은 바로 그 시점 직전에, 다시 말해서 아주 어릴 적에 불렀던 순수 동요의 노랫말처럼 내 모래성이 속절없이 허물어져 내리기 시작하자 아이들도 하나, 둘 집으로 돌아갔을 거라는 거야. 아마도! 지켜야 할 유리성이든 철옹성이든 뭔가 소중하고 절실한 것들이 있었다는 사실이 아차! 새삼스럽게 떠오르기도 했다는 듯이.

그러니까 이게 어떻게 보면 다들 나한테 감사해야 할 일이라는 거지! 하지만, 노처녀 그 애한테는 감사의 인사를 받아야 할지 드려야 할지 다소 알쏭달쏭하기는 해. 내가 그에게 끝도 모르게 빠져들어 이른바 오르가슴과도 같은 인사불성의 경지에까지 이르도록 저 혼자서만 자리를 지켜주었다는 어렴풋한 기억 때문만은 아니야!

그렇다고 해서, 내가 더 이상은 그를 견뎌내지 못하고 그만 바닥을 질펀하게 더럽힌 흔적까지 제 별명답게, 아니지? 답지 않게 깔끔하게 훔쳐내어 주어서? 지금도 그 가상의 방송 화면을 실시간으로 재생하기에는 낯 뜨거울 만큼의 내 자존심상 막대하고 치명적인 이 스크래치 때문은 더더욱 아니겠지만.

"얘! 너 청상과부 열녀였던 우리 엄마 말버릇처럼 신랑 죽고 나서 처음인 셈이지? 그러니까 너나 많이 해! 내가 기꺼이 양보할게. 나야 뭐 하루라도 이거 안 하면 잠을 못 이룰 정도이긴 하지만……, 그래도 오늘 밤만큼은 나보다는 네가 더 간절하게 원하고 있는 거 같으니까! 절대 그렇지 않다고? 아니, 솔직히 잘 모르겠다고? 우리 젊었을 그 옛날부터 변한 거 하나 없는 이런 순 내숭쟁이가! 과부 마음은 홀아비가……, 아니지! 노처녀 마음은 노처녀가 알아준다고 내가 왜 네 깊은 곳의 그 은근한 욕구를 모르겠냐? 하하하핫!"

얘는 가면 갈수록 점점……? 내가 당연히 네 엄마와 같은 팔자의 과부도 아니겠지만, 그렇다고 해서 너처럼 노처녀, 그래 올드미스도 아니거든! 그간 남들의 이목과 관심으로 먹고사는 신종 방송업에 종사해 온 내 입장에서는 뭐 하나 중요하지 않은 게 없겠지만……, 특히 발음만 살짝 바꾸어 주어도 엄청난 차이가 날 수 있다는 사실을 네가 알고 있을 거라고는 기대도 안 했다.

뭔 말이냐 하면, 올드미스가 아니라 골드미스라고 하는 거란다. 나 같이 성공적인 삶을 살아가는 위치에 있는 전문직 여자들은……. 그리고 나아, 지금보다 더 젊고 예뻤을 때도 내숭 그딴 거는 별로 없었다, 뭐! 오늘 밤 정말 오랜만에 만나게 된 그를 한때는 엄청 좋아하기도 했었던 적이 있었던 사실은 부인하지 않는다고. 물론, 지금은 내가 속해 있는 이 바닥에서 요구하는 몸과 이미지 관리 차원에서 멀리하고는 있었지만. 히히히힛!

"야! 제발 서두르지 말고 천천히, 그리고 좀 적당히 해! 그러다가 괜히 네 몸만 망치고 버리게 된다니까! 아하! 이거, 정말 그간 한 번도 제대로 못 먹어보고 쫄쫄 굶은 지 한참인 모양인걸? 아이고! 우리 화끈하다 못해 우아, 쌔끈한 자칭 인터넷 방송인! 아니, 아니 애처로운 마이 올드 프렌드!"

너 자꾸 이럴래? 이도 저도 다 아니고 골드라니까 골드! 좌우지간 됐고……. 지금은 최대한 그에게만 집중해야 예의일 것 같으니까 내가 일단은 참는다. 대신에 이따가 두고 보자, 너어! 각오해앳!

두고 보기는커녕 여기 게스트룸 체크아웃하고 사우나 출입은 잘 모르겠고……. 나만의 오피스텔로 은밀, 신속하게 복귀해서 오늘도 빡빡한 일정의, 일종의 재택근무를 위한 출근 준비도 서둘러야 할 테니까 그냥 넘어가자, 넘어가! 우리가 언제 다시 만날 거라는 확실한 기약도 의지도 없는데 뭐 이럴 거까진 없잖아. 안 그래?

아, 이젠 옆에 없어서 속이 다 후련한 어젯밤 노처녀 그 애 말고 또다시 바로 그! 아직도 그 중독성 강한 진한 성분에서 내 몸이 개운하게 벗어나려면 한참이나 걸릴 것만 같은 그 말이야! 그 시대, 그리고 그 나이에는 남녀 불문 다들 그렇기는 했었다지만……, 뭐가 그렇게나 허전하다고 그 철없을 때 그에게서 헤어 나오지를 못했었던 걸까?

실체도 알 수 없는 그 무언가를 언제나 타는 듯이 갈망하던 내 입술을 촉촉하게 적셔왔을 첫 터치의 맹목적인 강렬함? 세속적인 욕망과 천박한 본능에 찌들어 썩을 대로 썩어버린 나의 심연을 그때마다 정화해 주는 듯했던 그 몸서리쳐지는 이물감? 매번 여지없이 그 앞에서 무장 해제를 당하고 말았다는 열패감과 아우른, 도대체가 쉽사리 지워지지 않을 것만 같았던 그런 나를 향한 극도의 자기혐오까지.

마치 무정부주의와도 같았던 퇴폐적인 분위기와 모든 것을 훌훌 다 벗어버리자는 결연한 심정 속에서 운명과도 같이 그를 만나버릇해서였을까? 그래서, 매번 참을 수 없는 코 재채기를 자아내고는 했던 그의 거북살스러웠던 맨 처음 목 넘김을? 그리고, 미학적 관점에서 참으로 생뚱맞았던 연한 은녹색의 반투명 외피까지도 도저히 싫지가 않았더랬는데…….

그러고 보니, 그때는 날 닮아서 겨우 20대 초중반의 순도였던 그가 더욱 짙푸르러지면서 오히려 정화된 10대와도 같은 고분고분함으로 변신한 모양이었나? 그렇기에 어젯밤 내가 솔직히 세월의 때가 잔뜩 낀 제 주제도 모르고 체면 불고 무한정 받아들이려 달려들었던 거야? 굳이 물과 불로 가를 것조차 없는 다중 인격의 오래전 내 친구를!

그런데, 간밤에 그렇게나 쿨하면서도 화끈했던 이 친구는 어느새 어디로 꽁무니라도 내뺀 걸까? 지금 그 나이를 먹고서도 나만큼이나 속이 쑥스러워서……? 아니면, 무언가 미진한 게 아직도 남아있다고 혹시 질척질척 원조 노처녀 그 애를 쫓아나가 자취를 감추어 버린 걸지도 몰라! 아, 아무러면 어때? 나랑은 어느새 이미 다 끝난 사인데!

아니다, 아니야! 그럼 그렇지! 아무리 그래도 그럴 리가 없지! 저와 내가 함께 했던 침대 위가 아니라, 바로 그 아래 밑바닥에서 아무렇게나 제멋대로 멋쩍게 뒹굴며 숨어 있는 저 익숙한 나신의 뒤태를 보니 여전히 뒤끝 작렬인 게로구나! 도대체가 안 되겠다, 아무래도……. 인격과 지위에 어울리도록 나라도 먼저 나서든지 해야지!

얘, 일단 시작하면 무한 질주 내 친구야! 네 선조는 예로부터 토실토실 복스러웠던 천하장사 금 영감님이시니? 혹은, 지금은 고운 바닷속 깊이 사라진 양반 고래니? 그것도 아니라면, 잔물결 거울 호수 너머로 너울너울 떠오르던 한밤중 보름달이니?

으흡……! 정말로 대단히 송구하지마안……, 너무 많이 넘쳐서 이쯤에서 생략하도록 하고오……!

나앗? 나느은……! 밤새 너 떡두꺼비 녀석의, 진짜로 초록 이슬만 골라서 우욱, 받아먹다가아 아직도 이러케에……!

십시일반이 더 배부르다고

"뭐랄까! 일종의 궁즉통이구먼! 이런 상황에서 마지막으로 생각해 볼 수 있다는 그 방법이……?"

그러니까, 이게 옛날하고 다른 점도 있고 같은 점도 있는 거겠지요? 따지고 들자면 세상 모든 일이 다 그렇겠지만 말입니다. 먼저 옛날 일이라면……, 별로 생각하고 싶지도 않은 내 가난한 날의 다소 엉뚱했던 행복을 피치 못하게 떠올려야만 할 겁니다.

"오늘은 네 도시락 뚜껑하고 숟가락 좀 빌리자! 너는 젓가락도 가져왔으니까. 대신에 특별히 면제다, 면제! 그리고 너희 분단도 통과, 무료로 통과!"

한 줄로 길게 보통 예닐곱 명씩 둘이 짝지어 앉은 분단 하나 순례만으로도 충분했습니다. 한 젓가락씩만 공양이든 상납을 받다 보면 어느새 배가 그득하니 차올랐으니까요. 그래도, 기왕이면 고르게 은덕을 베풀어 주어야 한다는 마음에서 구성원 중 어느 한 사람도 소홀히 하지 않는다는 것이 최우선적인 원칙이 되어야 했습니다.

그런데, 뭣도 모르고 이게 말처럼 쉬운 일인 줄로만 아시면 심히 곤란합니다. 이미 부를 대로 부른 배도 배였습니다만, 저에게도 취향과 미감이란 게 없을 수 없었으니까요. 비록 여러 여염집의 음식을 가리지 않고 취하는 처지였지만, 게 중에 제 동물적 습성이 도저히 용납하기 어려운 종류와 맛은 있었던 겁니다. 가령, 그 흔한 단무지 무침에서부터 생판 듣도 보도 못한 쌉쓰레하고 비릿비릿한 갓김치까지.

어찌 되었든지 그게 다 사람 관리 아니었겠습니까? 디테일하게는 한 명 한 명 공평하게 상대해야 하는 것도 그렇고요. 또 대국적으로는 모두 네 개의 분단이 어째 우리만 일방적으로 절대 권력자의 은총을 독점하고 있는 것은 아닌가 하는 의구심을 자아내지 않도록 하는 하해와도 같은 세심한 배려! 그렇게 해야지만 그 수혜를 자칫 피해로 오인할 수도 있는 한 줄기 가능성을 추호라도 사전에 방지할 수 있었을 테니까요.

이건 다소 좀스러운 구석이 없지 않긴 하지만, 그래서 저는 이 시스템의 시간적인 단위를 막연하게 1개월이나 4주간? 이렇게 하지 않고 정확하게 꽉 채운 20일로 딱 끊어버렸습니다. 다들 그 이유는 익히 짐작하시겠지요?

20일 ÷ 4분단 = 5회!

한 차례의 라운드 안에서 각자 다섯 번씩만 공히 해당이 되도록 하면 별 불만들이 없을 것이라는 복안이었던 셈이지요. 공휴일이나 각종 행사로 인한 오전 단축 수업 일수를 제외한 순수 중식 시행만을 가지고서……. 그것도 내심 치밀하게 기획된, 그러나 표면상으로는 요즘 말로 랜덤인 양 운영해 나가자는 것이 그때 나만의 생존 전략이었던 것입니다.

"요즘 세상에도 그런 방법이 다 있었구먼! 실제로 별로 치사스럽지도 낯 뜨겁지도 않으면서……?"

"예, 그렇다니까요!"

근본적으로는 구차하지 않은 것은 아니겠지만, 그 옛날에 비해서는 상대적으로 덜 그렇다는 뜻입니다. 그만큼 평상시의 과장된 완력 시위를 바탕으로 잔뜩 허풍선이 위세를 피워가며 하루하루 점심한 끼를 때워야만 했던 일이 나에게도 마냥 마음 편한 짓은 아니었던 것입니다. 아침도 변변히 챙기지 못해서 잔뜩 굶주렸던 텅텅 빈 속이 채워지면 질수록 인간 존재로서 나의 자긍심은 저 시궁창 같은 밑바닥을 향해 내리눌려갈 수밖에 없었다는 사실을 이제라도 고백하지 않을 수 없겠습니다.

"무슨 유튜브 같은 데 굳이 영상을 찍어서 올릴 필요도 없고……, 개인 카페를 만들어서 귀찮고 성가시게 관리할 필요도 없다고……?

"예, 바로 그렇다니까요!"

그럴싸하게 신경을 써서 작성한 비교적 장문의 사연 하나면 된다는 말 아닙니까? 그걸 각종 언론사 홈페이지와 같이 지나치게 뜨겁지도, 또 아주 인지도가 떨어지지도 않는 적당한 온라인 커뮤니티에 게시글로 등록을 하기만 하면 된다는 말이기도 하고요? 추후 몇 군데에나 복사해서 더 붙여넣기를 할 것인가 하는 문제는 댓글의 주된 경향이나 실제 입금 액수와 같은 구체적인 진행 상황을 보아가면서 유연하게 대처하면 된다는 것이고요.

그러니까, 내가 학창 시절 적수공권으로 빼앗아 들어야 했던 번거로운 도시락 뚜껑과 숟가락이 일절 필요 없이 확 바뀌어버린 개명 천지에 살고 있었던 것입니다. 본의 아니게 큰 신세를 끼쳤던 복작이는 교실 안 까까머리들은 이른바 글로벌 네티즌이라는 세련된 멋쟁이들로 한껏 그 세를 크게 불려 어느새 다시 나를 맞이할 완벽한 준비도 끝이 나 있었습니다.

"서로 누가 누군지도 잘 모르는 사이인데도 기꺼이 믿고 이체로까지 몸소 실천해 주는 사람들이 있다고……?

"예, 확실히 그럴 거라니까요!"

이 새파랗고 노회한 젊은 친구 녀석의 말인즉슨, 가장 달라졌고 또 좋아진 점이 서로 간에 어색하고 난처한 사태 따위는 아예 원천적으로 차단된 참으로 편리한 첨단 방식이라는 것 아닙니까? 기꺼이 내주는 사람과 가뿐하게 받아드는 사람이 굳이 직접 만나거나 어떻든지 대면할 필요가 없다는 사실 하나만큼은 참 마음에 듭니다. 옛날 교실 안에서는 은연중에 서로 잠시 잠깐 살짝이나마 낯을 붉히거나, 그러다가 결국에는 더 험하고 거친 바깥으로까지 이야기가 새어 나가는 다소 불미스러운 사례도 없질 않았거든요.

"제가 바로 그 불우이웃이거든요! 이 거칠고 험난한 한겨울을 무사히 살아남을 허름한 하꼬방도……, 또 늘 곯아야만 하는 배를 어루만져줄 약간의 빵부스러기조차도 아직 준비가 안 된……!"

"그 추위와 배고픔에 그래도 입은 안 달라붙었는지 참 그럴듯하게 말은 잘한다. 그래서……?"

그래서, 고난의 점심 순례를 끝마치고도 얼마간 세월이 흘러간 뒤에 당시 젊은이들 사이에서 두루두루 유행하던 행사를 대대적으로 기획, 운영하였던 것뿐이었습니다. 아뿔싸! 그것도 너무 표가 나게 거창한 간판을 내어 걸고서는. 아닌 게 아니라 누구라고 할 것 없이 다들 지나치게 솔직하고 순진했던 시절이었으니까요.

크리스마스와 연말연시 불우이웃을 위한 젊음의 일일 찻집 및 호프 축제!

성자의 탄신은 날짜에 따라 붙였다 떼었다 해 가면서 구도심 뒷골목 마침 비어 있는 허름한 가게를 빌려 일을 벌인 거였습니다. 지역 소재의 대학에 적을 둔 동창생들의 명의를 기꺼이든 마지못해서든 받아내는 것은 생각처럼 어렵지 않았습니다. 더 나아가 같은 과나 동아리 소속의 마음도 얼굴만큼이나 고운 여자 후배뻘들의 눈물겨운 자원봉사까지 동원하면서 말입니다.

사달은 생각지도 못했던 그놈의 '불우이웃' 때문이었습니다. 분명 합법적인 모금도, 그렇다고 적법한 영업도 아닌 이 비과세 이윤 추구 행위의 명시적인 목적 하나만을 공권력은 집요하게 물고 늘어졌던 것입니다. 그 나이 또래의 낭만이나 애교로 흔히 보아넘기기에는 자못 몸집이 큰 편인데, 그 작지 않은 덩치가 이제라도 제 목표를 향하여 온전히 굴러가기만 하면 이번만큼은 특별히 선처하겠다는 뭐 그런 행정편의주의였을 겁니다.

그럭저럭 어떻게든 일이 마무리되고 나서 돌이켜보니, 이른바 바지사장이나 비정규직 도우미 등등의 인력 관리에 철저하지 못했던 것이 후회막급이었습니다. 홍보 효과만을 노리고 너무 긴 시간 동안 한 공간에 노출된 채 일을 도모한 것도 다소 무모하긴 하였습니다. 그러나 결론은 다시 사람이었습니다. 기껏 몇십 명 친구들의 공짜 도시락을 빼앗아 먹는 것이 아닌, 명색이 자본이 투입되는 번듯한 사업에는 더더군다나 사람을 상대하는 일이 영 번거롭고 성가신 게 아니었던 것입니다.

"최대한 솔직하게 아버님의 현재 상태를 밝히시고……, 그리고 앞으로 일어날 수 있는 가장 안 좋은 경우까지 과감하게 오픈하시는 게……, 그러니까 끝끝내 싸울 때까지는 싸우시다가 나중에 어디 양지바른 곳에 편안히 잠드시는 게 간절한 소망이시라고……."

그런데, 이번 일은 그것 말고도 스스로 마음에 거슬리지 않아도 될 큰 장점 하나가 더 있는 듯싶습니다. 같은 고시원 더부살이 신세인 저 젊은 친구가 장황하게 돌려 이야기하려 애쓰는 바를 내 최후의 절박함과 산전수전 경륜을 걸고 깔끔하게 정리하자면 바로 다음과 같은, 남의 도시락 시절 영어 수업용 아포리즘일 겁니다.

정직이 바로 최선의 정책이다!

"마침내 세파에 지친 노구를 침입해 온 난치에 불치라는 침묵의 살인마 췌장암을 다 늦게서야 발견하게 되었음에도 불구하고, 신께서 이 연약하고 미천한 인간에게마저 그래도 축복처럼 내려 주신 삶의 숭고한 소중함을 함부로 내쳐버릴 수는 없기에 마지막 기력과 의지를 끌어모아 끝까지 싸워 이기기로 굳게굳게 마음먹었던 차에, 자아! 이런 식으로 쓰면 되겠나?"

"조금 약한 감은 없지 않지만, 솔직하고 절실하게 구체적인 병명과 단계까지 밝히셨으니까 그건 그냥 넘어가기로 하고요. 보다 결정적으로는 사실성이나 신뢰성 확보 차원에서 가족도 친척도 없이 우연히 알게 된 어떤 고맙고 젊은 후견인의 헌신과 희생에 의지해서 하루하루를 겨우겨우 버텨나가고 있다는 내용을 추가하시고……. 그리고, 거기에다가 또……."

입금 계좌는 스스로 후견인을 자처한 자신의 통장 번호로 적어 넣으라는 거겠지요. 뭘!

내가 비록 중증에 말기 암 환자 자격이지만 그 뻔하고 어설픈 속을 모르겠습니까? 그래도 연륜 하나는 산전수전이라고 했잖습니까? 아, 참! 정말로 몸도 마음도 크게 성칠 못하다 보니 하마터면 공중전은 까먹을 뻔했군요. 사실 변변치도 못했던 법적 수급액의 온라인 입금마저 끊어진 게 언제인가 아득한데 아무러면 어떻겠습니까? 미상불 내가 곧 까무룩 하니 두 눈이라도 꼬옥 감게 되면 그야말로 허허롭게 창공을 떠도는 가리가리 비행운이 되고 말 텐데요.

지금 저 젊은이가 가뜩이나 눈이 멀어 있는 연유도 나 어렸을 철부지 적과 별반 다르지 않을 것입니다. 아무래도 그간 낫살이나 먹었고 하니 한 가지는 덧붙여 주고 떠나더라도 떠나야 어른이 된 도리일 것 같습니다. 분명 손쉬운 십시일반이 더 배부를 수도 있겠지만, 공짜라고 이것저것 가리지 않고 마구 주워 먹다 보면 뜻하지 않게 된통 체해서 고색도 창연한 토사곽란이 나거나 할 수도 있거든요.

지금 제가 실감 나게 경험하고 있는 몸속 깊은 곳으로부터의 이 지독한 인과응보 격인 통증보다도 몇 배는 더하게요.

오랜 벗 주복 손은 보시게나!

자네! 잘 지내시는가?

응당 잘 지내고 있으려니와 하시는 사업도 날로 번창 일로를 걷고 있으리라고 믿네. 요즘같이 하 수상한 시절에 그래도 드물게 호황을 누리고 있는 자가 있다면 바로 자네 말고 누가 따로 더 있겠는가? 다만, 오늘날 자네 가문의 번성에 이 늙은이의 일조(一助)가 없을 수는 없었다는 저간(這間)의 사정을 부디 잊지는 말아 주었으면 하네.

나? 아닌 밤중에 홍두깨식으로 이렇게 대뜸 누구시냐고?

나는 자네에겐 선친(先親)이신지 아니면 더 위 선조고(先祖考)이신지도 가물가물한 줄여서 주(住) 자 복(福) 자 쓰시던 어르신의 죽마고우(竹馬故友) 자리쯤은 되는 늙은이로 알아주었으면 하네. 어찌되었든 자네 집안과는 예로부터 연(緣)이 깊다면 깊다고 할 수도 있겠지. 비교적 연소한 자네가 피치 못하게 나를 잘 모른다고 해서 이대로 치지도외(置之度外)해도 될 존재는 적어도 아니라는 말일세.

사실 말이 나왔으니 말인데, 이 사람 그간 자네 참 너무하셨네!

어쩌면 매주 거르지 않고 본체만체 단 한 차례도 나를 아는 척해 주질 않는 건가? 내가 남들처럼 자네에게 뭐 그리 큰 걸 바라는 것도 아니었구먼! 그래서 말인데, 우선 이번 주는 단돈 오천은 좀 그렇고, 오만이라도 좀 아쉬운 대로 선처(善處)해 주어야 할 듯싶으이. 뭐, 그보다 천 배, 만 배여도 내가 사양할 바는 아닐 처지이긴 하지만……

자네에게는 지금 내가 선대(先代)와의 친분을 표나게 내세우고는 있지만, 기실(其實) 그분 역시 나에게 야박하고 매몰차기로는 자네 못지않았었지! 어찌 운(運)은 속여도 피를 속일 수 있겠는가?

느닷없이 이게 무슨 말인고 하니, 내가 소싯적에 그 양반을 우연히 길거리에서 뭉텅이째로 거저 줍다시피 한 적이 있었다네. 내 기억으로는, 그게 자네 집안과의 본격적인 인연이었던 셈이지. 확률적으로 기어이 대통(大通)이 터질 것을 꿈꾸며 주말마다 학수고대(鶴首苦待)해 본들 시간이 가면 갈수록 그 영화롭던 몸피가 가히 기하급수적으로 줄어들어 나중에는 공수래공수거(空手來空手去)의 경지에까지 이르게 되질 않았겠나?

하여, 인생이란 그렇듯 덧없는 것이며, 일확천금(一攫千金)이나 일장춘몽(一場春夢)이 뻔히 보이는 바대로 한 뿌리라는 것을 절감하기도 하였었지. 그러나 일단 자네 선대의 진면목(眞面目)을 접한 이 미천한 자는 그 호사스럽고 매혹적인 인품을 향한 흠모지정(欽慕之情)을 거두어들일 수가 없었다네. 바로 연모의 표상으로부터도, 또 공경(恭敬)의 어느 여인으로부터도 외면받기는 마찬가지 신세였음에도 불구하고 말이었네

"여보, 부인! 나한테 백 원 돈푼 한 장만 주시면 내 저녁참에는 집 한 채 값으로 돌려 드리리다."

"흥! 또 그놈의 허황한 흰소리는……. 어느 천년에요? 당신 좋아하는 빈 문자로다가 부지하세월이로소이다."

코흘리개 조무래기들이 주전부리 용처(用處)로 '십 원만!'을 늘상 입에 달고 살던 때였다네. 그래서 그 백 원이 그저 가벼이 날려버릴 푼돈까지는 아니었겠지만, 만약에 최신식 슬라브 양옥 한 채를 너끈히 뛰어넘는 지금으로 환골탈태(換骨奪胎)를 한다면야 이 어찌 기적 같은 일이 아니었겠나? 지금껏 그 기적이 미완(未完)으로만 그치고 있어서 탈이지만 말일세.

"준비하시고오오~~, 쏘오세요!"

참으로 외롭고 힘겨운 나날들이었네. 저 화살에 내가 정통은 고사하고 된통으로라도 맞아야 할 터인데……. 이건 뭐 서양 전설 속 큐피드의 화살에 갈급(渴急)함을 금치 못하는 젊은 연인들보다도 더한 심정이 되어버리더군! 그것도 단, 십, 백, 천, 만, 십만에 조까지 모두 예닐곱 차례 이상을 애간장을 태우며 기다려야 한다는 것은 고통을 넘어 차라리 짜릿한 전율(戰慄)이었다네.

아, 여기서 말하는 그 조가 어마어마한 크기의 숫자 조(兆)가 아닌, 단지 편의상 다섯 개의 덩어리인 조(組)일 뿐이었던 것이 그나마 작은 위안이었다면 자네는 믿어주시겠나? 아무튼 그렇게 덧없이 화살도 흐르고 세월도 흘러가게 되었겠지.

자네 선대께서도 그 영화로운 자리를 자손들에게 물려주시고, 그것도 각기 여럿에게 다기(多岐)하고도 다채(多彩)롭게 나누어주고 물러나게 되셨다네. 게 중에서도 가장 통이 크고 수완이 뛰어난 자네가 유독 본업을 제대로 이어받았다고 볼 수는 있겠지만 말일세. 매달 칠백씩을 이십 년에 걸쳐서 어쩌고 하는 자네의 제법 덩치 큰 아우님, 거, 뭐라던가? 그래 720 더하기는 내 성미와 근력에 안 맞아서도 더 그렇겠지만…….

"영감님! 이번에는 웬일로 다섯을 꽉 다 채우셨어요? 정말 남겨서 요긴하게 쓰셔야 할 거스름돈은 없어도 되시겠어요?"

기력과 지력이 날이 갈수록 우심(尤甚) 쇠(衰)하여 가는 나 역시 한평생 경외(敬畏)스러웠던 반려와도 오래전에 작별을 고하고, 가난하고 외롭고 병약한 이른바 삼중고(三重苦)의 독거노인이 다 되었다네. 그럴수록 더더욱 자네와의 연을 이어가는 수밖에는 없지 싶은 처지가 된 셈일세그려!

"얻은 것은 돈이요, 잃은 것은 사람이다!"

"친구야! 그래도 자네는 돈이라도 남았지!"

자네의 하해(下海)와도 같은 홍복(洪福)을 입어 천문학적인 숫자만큼을 거머쥐고 그길로 야반도주(夜半逃走), 그것도 저 멀리 해외로까지 숨어든 어떤 젊은이였다던가? 그이가 딱한 변명이랍시고 고국의 친구를 상대로 하여 가증스러운 회한에 빠져드는 척했다는 얘기를 어디서 들었던 것도 같네. 차마 딱하지도 못한 이내 신세는 그 척도 할 수 없어서 더 귀가 솔깃해지지는 않았는지 모르겠네만.

혹은, 거액의 공금마저 몰래 탕진한 어느 은행원이 끝내 썩은 동아줄이라도 잡는 심정으로 기천만 원을 더 횡령하여 전국 각기를 떠돌며 마지막 요행수(僥倖數)를 바라며 자네를 긁어모으다시피 하였다가 더 깊은 나락(奈落)으로 빠져들게 되었다는 기구한 사연의 뉴스를 한순간도 눈을 떼지 못하고 보게 되었지. 그때도 크건 작건 간에 훔칠 돈과 그럴 기회라도 남아 있던 저 사람이 왜 그리 부러웠는지 모르겠네!

그러니, 내가 이날 입때까지 꿈꾸어 왔던 일등 당첨권(當籤券)을 이제 수십, 그전에는 수백 억대의 현찰을 직접 지불하고 불의(不義)하게 사들이는 이들이 있었다는 모(某) 연속극의 줄거리가 어찌 허망하지 않았겠나? 이 사람! 왜냐니? 자네가 나한테는 그렇게까지 신경을 써줄 리도 만무하려니와, 그런 식으로라도 불미(不美)하게 재산을 물려줄 자손이 나에게 어디 하나라도 남아 있다는 말인가? 지금 내 처지에서…….

"여보! 우리 귀염둥이 복덩이 1등짜리 복권을 어서 이리 내놓으시오!"

"이게 뭔 주무시다가 봉창 두드리는 소리셔요? 당신이 양복 안주머니에 고이고이 넣어 두고 계신 거 아니셨어요?"

"아! 안방 당신 경대 왼쪽 서랍에 깊이깊이 모셔 놨던 거 있잖아요? 어디서 그 많은 돈을 혼자서 독차지하려……? 괜히 자꾸 되지도 않는 장난은 치지도 마시오! 제발."

"나는 당신이 전화로 하도 다급하게 채근하시기에 이 신문 쪼가리를 되는대로 주워들고 불러드렸던 건데……."

"아니, 내가 다방에서 얻어보고 있다가 갑자기 생각이 났던 그 신문하고 똑같은 이걸 말이요?"

정말 갑자기 무슨 얘기냐 싶겠지만 내가 자네 가문과의 연을 끊으려야 도저히 끊을 수가 없게 되어버렸던 지극 지독한 연유(緣由)가 문득 생각이 나서 그런다오. 내 평생 단 한 번 그야말로 돈벼락을 맞는 기분을 느껴봤던 그 짧았던 몇 시간이 어찌 나의 뇌리 깊숙이서 지워진 적이라도 있었겠소? 대한민국 코미디 프로그램의 원조 격인 '웃으면 복(福)이 와요!'의 그 흔한 촌극(寸劇) 감에도 오르지 못했을 일이 실제로 나에게 벌어지리라고는 상상도 못했었더랬는데…….

그래, 안 그런 상상이든 기분 좋은 망상이든 다 떠나서 제발 언젠가는 이놈의 사 봐? 아니, 사바(娑婆) 세상에서 발원(發願)이 되기만을 진짓 바랄 뿐이라네! 자네 왜 또 짐짓 못 알아듣는 척하시는가? 모두(冒頭)에서도 내비쳤듯이 숫자 넷만 맞아 오만이 되든, 아니면 모처럼 선심(膳心)을 쓰는 김에 여섯 개를 다 맞춰 꿈에도 그리던 일등이 되든 제발 덕분으로 선처를 바란다니까! 이제부터 몇 시간 채 남지도 않은 바로 오늘 저녁에…….

아! 이 빈한하고 낙척(落拓)한 처지의 가련하고 외로운 근(近) 팔순의 노구(老軀)가 말일세.

좌우지간 내내 더불어 유족(裕足)해지기만을 앙망(仰望)하겠네!

고우(故友) 주택복권(住宅福券) 몰후(歿後)에,
생불생인(生不生人)이 불비(不備).

제2부. 집에서

그대 이름은 바람? 바람! 바람.

'많이 낭팬걸! 이러다가는 기어이 늦고야 말겠어!'

바로 다음 버스 정류장에서부터 내리자마자 전속력으로 달려간다고 칩시다! 그래도 약속된 시간에서 10분은 족히 넘겨서 도착할 것이 바야흐로 현실화하고 있기 때문이었습니다.

'이건 초면에……, 그런데 초면이 맞긴 맞나? 좌우지간 이만저만한 실례가 아니잖아? 야, 이 사람아! 그러길래 좀 더 부지런히 서두르지 왜 그랬어?'

초조해진 마음에 뻔질나도록 내가 묻고도 내가 답할 수밖에 없을 정도로 모든 허물은 분명 나에게 있었습니다.

일요일 오전 내내 최대한 젊고 멋져 보이려고 소용도 없을 겉치장에 헛되이 시간을 쓴 죄. 그것도 무슨 완전 범죄라도 저지르려는 듯이 마누라 눈에 띄지 않으려 야금야금 몰래몰래 질질 끈 죄. 그렇게 아등바등 애를 써 보았댔자 인제는 한 해는커녕 단 하루도 더는 안 젊어 보이게 된 죄. 그렇게 절대 젊어 보이지 않는 거에 비해서는 주책스럽게도 마음만은 갑자기 완전 멋있어져 버린 죄.

죄, 죄, 죄······! 죄다 제 죄일 뿐이었습니다. 그러나 가장 치명적인 것은 그녀에게서 조물주의 우연을 가장하여 잘못 걸려 온 그 운명의 전화를 과감하게 끊어내지 못했었던 죄! 그리하여 석고대죄에 이실직고! 네 죄를 네가 마땅히 알렸다? 등등의 인과응보와 관련한 이 사연은 누구라도 이루 짐작조차 할 수 없었을 겁니다.

신이시여! 그리고······, 또 다른 나의 여인이여! 부디 용납하소서!

'나야아, 은오기이······! 아아하, 진상이지이······? 지금 내 앞 테이블에 나 혼자서 다 비운 와인 병이 막 세 개로도 네 개로도 심지어 열 개로도 보이는 거 있지! 진작에 우리 그만 헤어지자고 연락처도 주소록에서 다 지워 놓고서······, 왜 자꾸 받지도 않을 전화를 내가 먼저 했을까? 그건······, 정말 미안하지만 나도 잘 모르겠어.'

뭐, 내 본명은 특이하게도 진상 나부랭이가 아니라, 그 뻔한 일, 이, 삼에 몽 자 돌림 우리 하 씨 형제들 가운데에서도 첫째가는 하일몽일 테니까······. 아니나 다를까? 예상대로 잘못 걸려 온, 정확히 크리스마스이브였던가, 아무튼 썰렁한 동지섣달 한밤중의 그렇고 그런 모종의 통속적이고 드라마틱한 전화였습니다.

하긴, 알쏭달쏭 야릇한 번호인데도 내 바람처럼 몇 번이고 끈질기게 울려대던 그 벨 소리! 기척도 없이 그야말로 환상적으로 깊이 잠들었을 마누라가 자칫 깨기라도 할까 두려워서 일단은 받고 본 것이 화근이었습니다. 아니, 여보세요! 전화 잘못 거셨습니다. 이런 깊은 밤에는 각별하게 상대방을 잘 파악하고 버튼을 누르기라도 하셨어야죠! 이런 식으로 점잖게 응대하기만 했어도 될 일이었습니다.

그러나 못 먹는 술에 취해서, 그보다는 스쳐 지나간 미련에 지독하니 취해서 촉촉하게 젖어 드는 그녀의 목소리! 바로 그 목소리가 그렇게 할 수 없도록 만들어 버렸습니다.

그랬었습니다! 나는 무엇에 홀린 듯이 전화기를 내려놓지 못하고서는 하염없이 귀 기울여 계속해서 듣고 있었습니다. 하지만, 그녀가 무슨 이야기를 이어나가고 있는지를 알아차릴 수는 없었습니다. 아니, 차라리 내가 전혀 이해할 수도 없는 미지의 세계에나 속한 진귀한 언어인 듯도 한 게 더욱 운치가 있었다고나 할까요?

그것은 은구슬이 물기를 듬뿍 머금은 옥쟁반 둘레를 구르는 듯한, 그게 아니라면 은쟁반 안에서 옥구슬이 매끄럽게 노니는 듯한 소리였습니다. 나같이 뭔가 메말라버린 남자한테는 참 좋은데……, 정말 어릴 적 전래동화에서나 접할 수 있었던 이 비현실적인 구절들 말고는, 뭐라 달리 표현할 방법을 찾을 도리가 없었습니다.

드디어 버스가 멈추어 서면서 더는 머뭇거릴 시간이 내게는 없을 테니까……, 거두절미 교통카드 하차 확인 태그와 더불어서 아무도 모르라고 털어놓고 내리자면……, 그것이 그녀와 내가 이 세상에서는 도저히 있을 수조차도 없는 이런 만남에까지 이르게 된 결정적인 계기였습니다.

'그런데……, 어떻게 내가 젊었을 때 굳이 그 숫자를 헤아릴 필요도 없는 여자를 만나 버릇했던 구도심의 이 오랜 찻집을 알고 있을까? 나보다 꽤나 어린 여자일 거라고 지레짐작을 했었는데 목소리만 그렇지 혹 나랑 썩 비슷하거나 적어도 제법 가까운 또래가 아닐까? 그렇다면 조금은 서운하다기보다는 오히려 여러모로 부담이 없어서 더 좋을 수도 있기는 한데……'

어느새 식은땀을 뻘뻘 흘리면서도……, 우리들의 밀회 장소인 〈겨울나그네〉로까지 슬로모션처럼밖에는 뛸 수 없었던 그 장구한 시간. 나는 무한한 상상과 깊숙한 추억 속으로 마치 블랙홀처럼 빨려들어 갔습니다.

아, 참! 그때도 이미 많이 낡았던 일본식 목조 건물 2층 소재의 그 찻집은 삐걱대는 나무 계단이 하도 가팔라서 〈겨울라가네〉라는 별칭으로도 우리 젊은 청춘들 사이에서는 그 악명이 자자했었지요! 아니나 다를까? 마음만 젊고 급할 뿐, 늙고 굼떠 버린 몸! 나는 중간 참에서, 예로부터 진상이라는 별명처럼……, 그만 다리에 맥이 풀려 앞으로 오지게 고꾸라지고야 말았습니다.

아팠습니다! 뼈마디와 살덩이마저 이젠 낡고 늙어 버려서 그랬을까요? 너무나 아팠습니다! 실상은 심하게 부딪치지도 않은 것 같았는데도……. 특히나 두툼한 옆구리 살 한 점을 마치 엄지와 집게 두 손가락을 능수능란하게 놀려 집중적으로 꼬집어대는 듯한 통증은 말하자면 매우 실존적이었습니다.

그럴 뿐만 아니라……, 한 번도 실물로는 직접 접해 보지 못했었어야 당연할 것 같은 여자! 그런 그녀가 어색하게 구겨진 채인 내 몸과 마음 가까이 바짝 다가와 있는 것을 나는 직감할 수 있었습니다. 아무런 합리적인 근거 없이도 이렇게나 잘 알 수 있다는 게 그나마 신기롭지도 않았습니다. 처음 통화할 적과는 많이 달라진 더 익숙한 목소리여서 그랬을까요?

"여보세요? 여봐요! 좀 일어나 봐요오!"

"……?"

"당신은 노는 날 무슨 낮잠을……, 이렇게나 엎어진 채로 세상모르고 잘 수가 있대? 막 알 수 없는 잠꼬대까지 해대면서……."

"으응……? 여기가 우리 집이에요? 옛날 시내가 아니구?"

"뭐어? 에어컨도 고장 나 버릇하는 그 잘난 우리 집이 아니면요……? 그건 그렇고 이 땀 좀 봐! 어디, 시원찮은 선풍기라도 돌려드릴깝쇼? 그것도 최대한 3단 풍으로다가……!"

"뭐어……, 바람이라고요? 그래, 바람뿐이어도 좋지! 이 무더위에 그나마 바람만 한 게 어디 있나."

"왜? 냉장고에서 막 꺼내 온, 지하 슈퍼에서 세일하는 이 수박은 어떠시고?"

게다가 수박까지? 아! 시원하고 달긴 그만이어도 같은 상가 3층 깐깐한 내과 원장이 내 고혈당 관리에는 쥐약이라고 그랬었는데에……!

그러고 보니……, 이 여자가 혹시? 야아, 정말로……!

여름이었습니다.

낮 뜨거웠던 한낮의 꿈에서 깨어나기에는, 오래된 양은 쟁반 위 서늘한 수박과 낡아서 고오옥 소리 나는 선풍기 바람만 한 궁합도 다시는 찾기 어려운······.

아들을 위한 작문 콘테스트

안녕하십니까?

제5학년 여한이 아빠 정형식 아저씨입니다.

저는 양력 1965년 1월 13일 이곳 대전에서 태어난 이후, 대학까지의 학창 생활, 1년 2개월 남짓 방위병으로 복무했던 군 생활, 그리고 20년 가까운 직장 생활을 모두 여기에서 해 왔습니다. 그래서 3, 40년 전의 비교적 아담했던 고향의 모습이 기억 속에 많이 남아 있습니다.

그중에서도 중심 하천이었던 대전천에서 보냈던 겨울 추억이 새롭습니다. 제가 어렸을 적에는 겨울이 몹시도 추워서 매년 대전천에는 두껍게 얼음이 얼었습니다. 그러면 우리는 지금의 한밭운동장 근처인 문창교 아래로 내려가 썰매를 타면서 짧은 겨울 해가 지는 줄도 모르고 놀았습니다.

사실은 제대로 된 썰매를 가진 친구가 거의 없어서 대나무 쪽이나 시멘트 종이 포대 같은 것을 밀고 타면서 놀았다고 해야 정확한 말이 될 것입니다. 요즘 여러분이 한여름에도 남선공원 실내링크에서 탈 수 있는 스케이트요? 텔레비전이나 〈어깨동무〉 같은 어린이 잡지에서나 봤지, 실물은 만져보지도 못했었다니까요!

어쨌든, 이렇게 즐겁게 지내다 보면 어느덧 2월이 되면서 겨울이 훌쩍 저무는 시절이 옵니다. 그러나 대전천 위에는 아직 한 가지 크나큰 즐거움이 남아 있었습니다. 그것은 날이 풀리면서 쩍쩍 갈라지는 얼음덩어리들을 타고 노는 것입니다.

우선은 얇아진 얼음덩어리 위에 서너 명이 올라타서 막대기를 저어가며 이리저리 떠다닙니다. 그러다가 얼음이 무게를 견디지 못하고 갈라지는 소리를 내면 재빨리 다른 얼음 위로 옮겨 타는 것이지요. 그러니까 이것은 스릴 만점의, 그러나 위험천만한 놀이였습니다.

사실 저는 진작부터 한번 해보고 싶은 마음이 간절했었습니다. 하지만 절대 위험한 짓은 하지 말라는 어머님의 간곡한 당부 말씀도 있고 해서 이 얼음 타기 놀이는 애써 피하려는 편이었습니다.

그러나 어느 날, 지금은 초등학교인 그때의 국민학교 입학을 앞두고 이렇게 '마마보이'로만 머물러 있을 수는 없다는 생각이 문득 들었습니다. 이 글 끝에 나올 그 누구 때문이라도 말입니다. 그래서 떨리는 마음으로 얼음 위로 뛰어들게 되었습니다.

막상 해보니 얼음 타기는 생각보다 무섭지 않았고 오히려 훨씬 재미있었습니다. 처음에는 조심스럽게 얼음 위에 올라섰던 제가 한참이 지나면서부터는 대장이 되어 친구들을 지휘하고도 있었습니다. 잔뜩 신이 나서 누군가에게 막 자랑하고 싶어지기도 하였습니다.

바로 그때, 우리 얼음에서 갈라지는 소리가 나기 시작했습니다. 한쪽에서는 보이지 않는 구멍이라도 났는지 물이 올라오기도 했습니다. 대장의 역할에 충실해야 하는 저는 전혀 겁먹지 않은 체하면서 친구들을 좀 더 큰 얼음으로 이끌어야 했습니다.

그러나, 생각처럼 쉽사리 얼음덩어리는 움직이지 않았습니다. 친구들은 막대기 젓기를 포기한 채 제각기 살길을 찾아 뿔뿔이 작은 얼음덩어리들 위로 피해 갔습니다. 어느새 혼자서만 남게 된 저는 이제 마지막으로 결단을 내려야 했습니다.

"앗, 나도 저쪽에 보이는 얼음으로 빨리 뛰어야겠다!"

순간, 우리 얼음이 중앙에서부터 장렬하게 여러 조각으로 깨져 버렸던 것입니다. 그리고……, 제 몸은 물속으로 빨려들어 가고야 말았습니다.

물속은 몹시 차갑고 악취가 심해야 했지만……, 저는 전혀 느끼지 못하였습니다. 죽음의 공포에 휩싸인 저에게는 그런 것을 느낄 여유조차 없었던 것이었지요. 몇 번을 허우적거리면서 좀 큰 얼음 조각이나 하다못해 지푸라기라도 잡아보려고 애를 썼지만 허사였습니다.

"일어나서 얼음 사이로 그냥 걸어 나와. 그러면 돼. 별로 깊지도 않은데 뭘!"

아이들의 호들갑스러운 울음소리 가운데에서 어떤 형의 목소리를 들은 것은 기운이 거의 다 빠졌을 때였습니다. 그러고 보니 저는 물속에 누워 있는 상태로 손만 휘적대고 있었던 것입니다. 그 형의 말대로 힘을 내어 일어서 보니 싱겁게도 물의 높이가, 아니 깨진 얼음의 높이가 그때는 아직 작았던 제 키의 허리 훨씬 아래쪽에 지나지 않았습니다.

저를 둘러싼 친구들의 도움으로 젖은 옷의 물기를 짜내고 모닥불에 몸을 녹이게 되었습니다. 죽었다 살아났다는 기쁨보다는 괜히 헛된 용기를 뽐내려다가 톡톡히 창피만 당하게 되었다는 생각에 마음이 불편했습니다. 주르륵 절로 눈물도 흘러내렸습니다.

그러면서도 싫지만은 않은 것도 있었습니다. 그건 유치원에서 소꿉놀이할 때마다 나와 신랑 신부가 되어 주었던 내 예쁘고 착한 여자 친구였습니다. 그 애는 진심으로 나를 위로해 주고 눈물도 닦아 주려고 하는 것이었습니다. 그래서 굳이 제가 위태로운 얼음을 타게 되었던 것이겠지요?

아마 그때 내 얼굴 위에서는 눈물 자국이 바람과 햇살에 벌써 말라붙어 가고 있었을 겁니다. 아울러 지금 내 아들 여한이의 엄마이자 내 사랑하는 아내가 되어 있는 그 천사 같은 친구! 그 애에게 꼭 장가를 들어야겠다는 나의 결심도 서서히, 그러나 단단하게 굳어져 가고 있었을 겁니다.

2004년 3월 21일 정여한 부 작성

안녕하세요?

3반 36번 정여한이 엄마 예선잡니다.

저는 음력으로 1964년 11월 24일 서울에서 태어나 국민학교 3학년 때 아버지의 사업 실패로 집안이 몰락하게 되자 외할머니댁이 있는 이곳 대전으로 어머니만을 따라서 혼자 이사를 온 뒤 대학교까지의 학창 생활, 그리고 2년여의 직장 생활을 모두 여기에서 해 왔습니다.

처음에는 그 어린 나이에 아는 사람 하나 없는 먼 학교로 전학을 오게 되자 외톨이나 다름없이 지내야 하는 힘든 나날들이 계속되었습니다. 그때 고맙게도 나를 챙겨 주는 듬직한 친구가 있었습니다. 그 친구는 바로 이제 얼마 뒤면 피치 못할 작별을 해야 할 것 같게만 싶은 우리 여한이의 아빠였습니다.

잘생긴 외모에 공부도 잘하는 여한이 아빠는 외로운 저에게 동화 속 왕자님만 같았습니다. 집안 형편도 넉넉하여 종종 저를 같은 학년의 다른 여학생 친구들과 함께 집으로 초대하여 〈어깨동무〉 같은 어린이 잡지도 보여주었고, 학교에서도 라면땅이나 쫀드기 같은 과자를 함께 나누어 먹는 사이로까지 발전하게 되었습니다.

시간이 지나면서 저는 모두에게 친절했던 그 친구가 특별히 저만을 더 위해 준다고 여기게까지 되었고, 그만 정말로 좋아져 버렸습니다. 그래서 학년이 바뀔 때마다 제발 같은 반이 되기를 속으로 간절히 기도드리기도 하였습니다. 5학년 때 단 한 번 반이 엇갈렸을 때 몰래 뒤돌아서서 얼마나 울었나 모릅니다. 그러다가 6학년 올라가면서 기적적으로 다시 같은 반이 되었을 때는 또 얼마나 기쁨의 눈물을 흘렸는지 모릅니다.

그래서 그랬을까요? 남자와 여자가 편을 가르고 말도 잘 하질 않던 그 나이 때에 어울리지 않게, 일부러 같이 당번이 되어 체육 시간이면 교실에 남아서 꼭 끌어당긴 채 담임 선생님과 다른 친구들 몰래 뽀뽀도 하고 그랬습니다. 물론 여러분들 중 일부가 상상하고 있을 것 같은 그런 나쁜 짓까지 저지른 것은 아니었습니다. 그렇지만 그것이 너무도 행복하고 가슴 떨리는 일이었음을 지금도 생생하게 떠올릴 수 있습니다.

남녀공학이 드물던 그 시절, 중학교와 고등학교 6년 동안 여한이 아빠를 만날 수 없게 되자 얼마나 슬프고 허전했는지 이루 말로 다 표현할 수 없습니다. 가끔 길을 가다 먼발치에서 교복마저 멋지게 차려입은 여한이 아빠를 보고 여전히 가슴이 뛰는 것으로 만족해야만 했었으니까요. 흔히들 하는 말처럼 어둡고도 힘겨운 시간이었습니다. 사실 다른 계집애들처럼 제가 먼저 다가가 말을 붙여 보고 싶었지만, 그때는 그러면 안 되는 줄로만 알았던 때였습니다.

또 한 번 기적과도 같이 여한이 아빠와 똑같은 대학에 들어가게 되었습니다. 더 자주 마주치게 되고 또 인사라도 나눌 수 있는 자유로운 처지가 되었지만 저는 이번에도 그러지를 못하였습니다. 그 사이 훨씬 더 멋있어진 여한이 아빠 곁에는 예쁜 여자애들이 항상 떠나지를 않고 있기 때문이었습니다.

그리고……, 지금도 여전히 좀 그런 것도 같아서 우리 여한이 아빠 정형식 씨를 변함없이 좋아하고 있는 제 마음이 몹시 아프기도 하답니다.

그러나, 제가 그 멋진 나만의 오랜 남자친구를 단 한 순간도 잊어본 적이 없었던 덕분이었는지 결국은 여한이 아빠와 결혼을 할 수 있었습니다. 그뿐만이 아니라, 공평하게 엄마, 아빠를 반반씩 빼닮아 조금은 느릿느릿해 보이지만 어떻게 생각하면 신중하며 듬직하기 이를 데 없고, 게다가 아주 잘생긴 우리 여한이까지 먼저 낳게 된 것은 정말 정말 잘한 일이라고 믿고 있습니다.

앞에서 제가 헤어져야 할 것처럼 말하기는 했지만, 결코 여한이 아빠하고 결혼한 사실 자체만큼은 후회해 본 적이 없습니다. 그리고 아마 이혼을 한 뒤로도 영원히 그럴 것만 같습니다. 저는 그만큼 여한이 아빠를 좋아했고 그 결실인 우리 여한이를 한없이 사랑하고 있기 때문입니다.

그래서 여러분!

특히 우리 남학생 친구 여러부운!

이 하늘 아래 어딘가에는 이 못난 저처럼 남자와 여자가 서로 좋아하고 사랑하는 소중한 마음 하나만으로도 커다란 용기를 얻어서 그저 살아가기에도 몹시 힘겨운 이 세상을 헤쳐 나가려는 여자들이 분명히 있을 것입니다. 그러니 지금부터라도 겁만 먹고 있지 말고 씩씩하게 용기를 내서 몇 년 동안이나 마음속으로만 좋아하고 있던 친구에게 자신 있게 고백을 해보세요!

그 여자 친구가 만약에 거절이라도 하면 어떻게 하느냐고요? 저런, 세상에나! 그게 무슨 대수랍니까? 고백이야 당연히 대부분 실패를 하든, 그러다가 어쩌다 성공에 이르든지 하겠지요. 그와는 상관없이 누군가를 좋아하고 사랑하는 훈훈한 가슴만 있으면 한동안은 마음껏 점심을 든든하게 먹은 거나 마찬가지일 텐데요.

나아가서, 둘이 좋아하다가 멀어지거나 헤어지게 되는 것이 두려워서 용기도 못 내고 고백도 못 하고 그러면 도대체 누가 누구를 사랑할 수 있단 말입니까? 물론 사랑하는 사람과 이별하는 것은 지금의 저에게처럼 참으로 견디기 힘든 아픔과 상처가 되겠지마는 말입니다.

다시 한번, 그렇다고 해서 제가 우리 여한이 아빠를 뜨겁게 사랑하지도 못했었더라면……, 저기 저렇게 자신감 뿜뿜이도록 앉아서 늘 눈망울을 초롱초롱 반짝이려고만 하는 저 예쁘고 똑똑한 전교 어린이회장 최수빈이가……, 하늘만큼 땅만큼 좋다는 말조차 유치원 때부터도 꺼내질 못하고 있는 내 소중한 아들 여한이가 어떻게 이 세상에 나올 수가 있었겠습니까?

하지만, 정여한!

아빠하고는 일이 이렇게까지 되어 버려서 정말로 너에게는 한없이 미안한 마음 그지없구나! 마지막으로, 엄마는 우리 하나밖에 없는 아들을 진정으로 엄청 많이 사랑하고 있다는 거, 잘 알고 있지?

그러엄, 엄마 간다아!

2004년 12월 26일 여한이 엄마가 진짜로 씀

내 아이 당신 아이 우리 아이

김철수 씨!

당신 지금 진심이야? 진짜로 농담하는 거 아니지? 아니, 왜냐니? 아닌 밤중에 홍두깨라고 느닷없이 아기 얘기를 들먹이니까 말이지. 아니, 이 상황에서는 아기가 아니라 늦둥이라고 해야 맞나? 어쨌든 나는 그럴 생각이 일도 없으니까 혼자서 자알 알아서 하셔어!

그런데, 정말로 어디 한번 깊이 생각이나 해 보고 말이라도 꺼내긴 꺼내는 거야?

뭐? 왜? 일단 말이 안 되잖아! 올해 내 나이가 얼마인지는 알지? 그래! 당신하고 다섯 살 차이니까 만으로도 딱 마흔이 지났단 말이지. 흔히 불혹이라는 공자님 말씀은 남자한테만 해당하는 게 아니라는 걸 새삼스레 느끼며 하루하루를 버티고 있는데 거기에다가 새로 애까지?

아직은 내 몸이 여자라는 거추장스러운 징표가 달이면 달마다 나를 성가시게는 하고 있지만, 그것도 잠깐일 테고 또 어느새 마음은 그렇질 않다는 걸 당신도 잘 알고 있잖아?

그러니까 우리가 처음 만나자마자 오랫동안 뭐에 굶주리기라도 했던 짐승들처럼 그랬었던 것도 이제 다 옛말이라고오! 응? 그게 겨우 서너 해 전이었다고? 에계계! 그렇게밖에는 안 됐다니 이놈의 세월은 지긋지긋하게도 느려터졌어!

"어이, 이영희! 우리 모텔방 단골 불륜 커플처럼 더 이상 이러지 말고 그냥 같이 살까? 애들도 다 데리고서……."

"어이? 이영희? 어떻게 오늘은 몸과 마음이 다 힘이 넘치나 보지? 갑자기 웬 상남자 행세를 하고 야단이야? 나이도 한참 어린 애 딸린 돌싱 주제에."

말은 그러면서도 그의 젊고 단단한 가슴팍을 부드럽게 쓰다듬으며 직전에 선사 받았던 또 한 차례의 여운을 즐기고 있었습니다. 몸이 먼저였든 마음이 먼저였든, 아니 다른 것을 다 떠나서였겠지요? 나는 과연 그와 그 옛날 교과서 속 철수와 영희 같은 찰떡궁합 단짝으로 내내 이어갈 수 있을까 곰곰 따져보고 있었을 겁니다.

"그러는 누나는? 나이도 엄청 많은 이혼녀 처지 아니야? 거기에다가 애도 더 크고……. 아, 미안해! 그런 뜻이 아니었는데. 그러니까 못 이기는 척 나를 믿어달라니까! 제발."

"나도 여자로서 자존심이 있는데 막 이런 식으로 들이대도 나한테 먹힐 걸로 생각한 거야? 이 어리숙하고 한심한 철딱서니 철수!"

그때 내가 타박 삼아 무심코 내뱉은 말을 되새겨 보면 그때에도 그에 대해서 이미 잘 파악하고 있었다는 생각이 듭니다. 다른 것은 다 제쳐놓고서 바로 철딱서니 말입니다.

하긴 그걸 좋게만 봐주자면 하는 짓이 귀엽기도 천진난만하기도,

그리고 나한테 살갑기도 고분고분하기도 할 것만 같았거든요. 그리고 그건 내가 전남편에게서 전혀 경험은커녕 기대조차 해 보지 못한 것들이기도 하였고요.

그래서 거두절미! 상견례네 예식이네 허니문이네 하는 번거로운 절차도 사연도 다 생략하고 그가 내 합법적인 동서인 신분이 되어 이렇게 엮여서 지내게 된 것 아니겠습니까? 지내보니 그는 교과서처럼 반듯하고 의젓한 철수라기보다는 진짜 철모르는 커다만 아들에 가까운 사람이었습니다.

그래서 나 이 영희 누나가 하나하나 챙기고 보살펴 주어야 하는 것은 물론이고요. 정말 거짓말이 아니라 하나부터 열, 백, 아니, 부지기수입니다.

이봐! 철수 씨!

그래, 당신 말대로 우리 둘만의 결실이라는 애를 어찌어찌해서 낳는다고 치자. 여기서 순전히 예를 들어, 구체적으로 인공수정이니 시험관 아기니 하는 어찌어찌는 내가 그럴 생각이 눈곱만치도 없으니까 당신은 입도 뻥끗하지 마!

당연히 그게 얼마나 힘든 일인 줄 알려고도 안 하는 당신이 야속하고 얄밉기도 해! 하지만 단지 그것 때문에 내가 쪼잔하게 이런다고 생각하면……, 그건 당신 고향이자 담당이라는 청양 정산도, 우리 친정집이 있는 경기도 오산도 아니야!

아, 참! 내 말은 어떻게 키울 거냐는 거야. 내 나이 환갑이 지났어도 아직 대학에 들어가지도 못할 핏덩이를 이제 나아서 뭘 어쩌자는 건데? 아하! 산수책에도 나오는 우리 철수답게 단순한 속셈으로는 그래도 당신은 그나마 젊으니까 그때도 쌩쌩하게 밥벌이라도 하면서 애 뒷바라지는 할 수 있겠다 싶은 게로구나!

근데, 이 양반이 오늘 여러 번 계산이 안 맞네. 하긴 그게 당신이 감춰 놓은 특기이자 재주이니까. 왜? 내가 모르고 있는 줄 알았어? 당신이 어수룩한 척 서툰 척 일부러 정산할 때마다 몇 푼씩 틀려서 뒤로 용돈 비슷하게 조달하고 있다는……, 우리 가게 알바생들도 다 눈치채고 있던 뻔한 사실을?

으응, 지금 이 자리에서는 그걸 물고 늘어지려는 건 아니니까 놀라서 겁먹은 척, 내 눈치 보는 척 좀 하지 마, 제발! 그래도 내 남잔데 찌질해 보이니까. 손님이고 업자고 다들 현금 결제는 점점 가물에 콩 나듯 하는 마당에 그게 하면 또 얼마나 한다고?

다시 내 말은, 그런 정신머리의 당신이 미덥지도 못하고 또 걱정도 많이 된다는 거야! 아직 지금이야 내가 다 알아서 굽어살펴줄 수도 있지만……, 언젠가 나이 들어서 어쩌다 병이라도 나게 되면 어느 누가 맡아서 이 모든 걸 꾸려 나갈 수 있겠어?

그러니 바로 보고 돌려 보아도 어림도 없을 사람한테 아이까지 맡기는 건 아무래도 똑 부러지는 영희 입장에서 못 할 일이라는 거지! 사실 말이 나왔으니 말이지 나는 여전히 애보다 못한 당신까지 포함해서 지금 있는 자식들만으로도 가빠!

"누나는 애가 몇 살이지? 참 민준이라고 그랬나? 아빠 성 말고 누나 성을 따라서 이민준, 맞지? 이거 아주 멋있는데! 아들 이름도 그렇고……, 기어이 그렇게 만들어 버린 우리 영희 씨도 그렇고."

"뭘! 우리 때만큼이나 요새 흔해 빠진 애 이름 하나 가지고서는. 그러고 보니 하나가 아니구나! 철수 씨 당신 딸은 어떻고? 민지가 뭐냐? 김민지가? 민준, 민지 성만 빼놓고 보면 무슨 사이좋은 오누이 같기는 하겠다만은……."

성씨도 성별도 다른 두 아이가 좌우지간 남매가 된 부모들 무용담은 더 이상 구구절절 읊조리고 싶지 않다는 제 심사는 벌써 언뜻 내비쳤었지요? 그것보다는 앞으로가 더 걱정입니다. 주제에 철수가 무척 결혼이 일러 겨우 두 살 터울밖에는 지지 않는 애들이 금방 문제가 될 것만 같거든요.

초5와 중1!

제가 뭘 염려하는지 다들 눈치채셨겠지요? 그리고 눈살이 찌푸려지든 고개가 끄덕여지든 하시지요? 원체 여자애들이 그렇다지만 저 김철수의 딸은 제 아빠를 닮아서인지 유독 조숙해서 MSG를 약간만 쳐도 얼핏 처녀애 같아 보이기도 한답니다. 보이기만 하면 그나마 다행이게요? 어느새 멘스와 브라! 이거면 긴말이 필요 없겠지요?

그리고 슬슬 중2병 조짐을 미리 내보이고 있는 나 이영희의 아들 민준이! 얘가 장차 어디로 튈질 모르는 시한폭탄이라는 팩트에 하나뿐인 내 영혼과 그보다 더 소중한 내 샵을 걸어도 좋습니다. 처음에는 둘이 진짜 여동생 오빠처럼 스스럼없이 살갑게 지내는 게 고맙고도 다행이다 싶었습니다.

그런데 이게 몇 년 새에 대놓고 드러내기 곤란한 고민거리가 될 줄을 내다보지 못한 제가 아둔했던 걸까요? 솔직하게는 그만큼 김철수한테 한 묶음으로 몸과 마음이 푹 빠져 있었던 거겠지요? 그나저나 이 인간은 아직도 한창때라 그런지 헤어 나올 기미가 도무지 없네요. 없기는커녕 매일같이 애 타령이나 늘어놓고 있으니……

"자기야! 그래도 당신처럼 딸 딸린 남자와 아들 딸린 여자 조합이 나은 거야! 그 반대인 경우는 갈수록 몇 배는 더 힘들지 않겠어? 자기도 모르지 않을 우리 또래 어떤 여편네 말로는 일본 야동의 단골 소재라는, 그래서 몰래몰래 서로 나누기도 역겨운 그 이야깃거리가 앞으로 마주할 현실인 것처럼 느껴지기도 한다는 거야."

그전부터 친하긴 한데 좀 이상스러운 구석이 있는 언니가 위로랍시고 던진 말입니다. 그런데 더 이상스러운 것은 그 이야기가 허랑하고 황당무계하게만 받아들여지지 않는다는 점입니다. 상상만 해도 망측하고 남사스러워 더 질질 끌며 입에 올리지는 않겠지만, 지금도 이 김철수라는 사람이 가리는 것 하나 없이 뭐가 되었든 좀 밝히는 게 아닌 것 같아서 말이지요.

야, 김철수!

그러고 보니까 당신 인제 와서 나랑 정식으로 무슨 혼인 신고라도 하자는 꿍꿍이속이야? 그게 난데없이 무슨 말이냐니? 애가 태어나면 호적에 올려야 할 게 아니야? 어떻게 올릴 건데? 아니, 누구 앞으로 올릴 거냐고? 당신 앞으로 올리면 된다고?

왜 깜찍 끔찍하게 내가 없는 배 있는 배 아파서 억지로 낳은 애를 당신 같은 빈털터리 아래에 올려야 한다고 생각하지? 이거 애를 구실로 나한테 완전히 얹혀서 남은 인생 편안히 먹고 살자는 심보 아니야? 한 몇 년 그렇게 지냈으면 인제 정신 차려서 뭘 좀 제대로 해 볼 생각은 안 하고 기껏 궁리랍시고 해낸 게 애를 낳아서 종신 보험이라도 들겠다는 거잖아?

이 영희 누나가 그렇게 호락호락 만만히 보인 모양이지? 너무한 다고? 진짜 감사하고 사랑해서 그런 건데 진심도 몰라주고 섭섭하 다고? 그래, 그 말은 내가 좀 심했다고 인정할게!

나하고 민지같이 예쁜 딸이면 민서 아니면 민아, 당신하고 민준이 닮은 아들이면 민석이나 민우라고 이름도 벌써 생각해 놨다고? 마 치 다정한 세 남매 같아서 그럴듯해 보이기는 하는데 성은 뭐라고 할 거야? 이 씨야? 김 씨야? 이민서? 이민석? 김민아? 김민우? 아 이, 골치 아파 죽겠네!

뭐? 다 같이 섞어서 쓰면 된다고? 김이민아나 이김민석, 아니면 이김민서나 김이민우, 어디 보자! 그리고 또……. 잠깐, 아무거나 괜 찮다고? 그러면 당신 딸 김민지하고 내 아들 이민준이하고는 얘가 족보가 서로 많이 꼬이는 거 아니야?

아! 생각만 해도 복잡해. 복잡해서 돌아버리겠다고! 그래서 나 어 렸을 적에 김수현 작가님이 어떤 드라마에선가 이런 상황과 흡사한 대사를 써먹으셨던 거 아니겠어?

뭐냐고? 지금 같았다면 아마 이런 식이었겠지!

"여보! 당신의 딸 김민지하고 내 아들 이민준이가 지들끼리만 서 로서로 짝짜꿍이더니만 우리들의 아이 이김 뭐라나 김이 뭐라나 나 부터 이름도 헷갈리는 그 불쌍한 애를 대놓고 따돌렸다지 뭐예요?"

맞은 놈은 발을 뻗지 못하지

"내 꼭 잡고 말 거야!"
저 양반이 왜 저러는지 몰라요?
요새 부쩍 안 하던 짓만 골라서 하더니만 기어이……

"여보 어디 닿은 거 아니에요?"
"괜찮아! 신경 쓸 거 하나 없어. 원래 닿자고 있는 거니까."
"그래도 공연히 신고라도 들어오면 어쩌려고요?"
"먼저 부댄 내 차가 긁혀도 더 많이 긁혔을 텐데 신고는 무
슨……?"

그전 15년도 넘은 구형 쏘나타는 평행주차를 하다가 앞뒤 가릴
것 없이 슬쩍 범퍼가 부딪치게 되어도 신경은커녕 으스근도 하질
않던 사람이었어요. 어디서 봤는지 들었는지 저 까마득한 파리 시
내에서는 생판 얼굴도 본 적 없는 남의 차를 앞뒤로 마구 밀어가며
비좁은 틈바구니에다 끼워 넣어도 뭐라 할 드라이버가 한 명이나
있다나요, 없다나요. 그런데 정말 자동차 선진국이라고 볼 수 있는

거기에서는 그렇게 하기는 한대요?

좌우지간 여기가 그렇게 쿨내 진동한다는 프랑스도 아닌데…….
그래도 웬만큼은 이게 말이 되는 게 반대의 경우에도 똑같이 굴었
다니까요. 덕분에 가뜩이나 오래된 승용차가 너절한 화물차 같은
신세를 면하지 못했지만서도요. 무슨 말인고 하니, 누가 우리 차를
알게 모르게 긁고 지나갔어도 그러려니 했었다는 거예요. 진짜 범
퍼만이 아니라 본체의 작은 흠집 정도는 그냥 무시한 채 끌고 돌아
다니더라니까요.

"원체 세상 이치란 게 나 모양 맨날 얻어맞는 놈보다 어쩌다 보
니 때리게까지 된 어설픈 놈들이 더 맘 편히 잠을 못 이루게 되어
있으니까……."

하긴 그때는 최소한의 생계 수단이나 다름없는 차 따위에 일일이
연연할 여유가 없었겠지요? 하루도 빼놓지 않고 아침 일찍부터 저
녁 늦게까지 그나마 밥줄인 알량한 직장에서 떨려나지 않으려
면……. 나아가 자식새끼들과 마누라를 거느린 자랑스러운 대한민국
가장으로서의 소임을 다하기에도 힘에 부쳤을 텐데요. 뭘! 마치 옛
날 우리 아버지 때의 다 낡아 나달거리던 기성화가 주로 출퇴근과
업무용으로 쓰이던 그 고물차로 바뀌었을 뿐이에요.

대소 친척이나 원근 지인들이 한 해 걸러 새로 나오는 최신형으
로 바꾸어 타는 것이 오히려 실속 있는 취미나 되는 양 떠벌릴 때
도 '너와는 폐차든 퇴직이든 오롯이 함께 간다!'를 부르짖을 수밖에
는 없었던 궁한 처지! 이른바 실제적 경제 공동체인 내가 어찌 그
뻔한 속사정을 몰랐을 수 있었을까요? 그야말로 언감생심? 못 먹을

감 찔러도 보지 못한 채 보잘것없는 자기 차지만을 깨지거나 말거나 거의 체념 상태에서 차라리 홀가분한 마음으로 몰고 다녔겠지요.

"여기는 차들이 정말 더럽게 깨끗하다! 기스는커녕 먼지 하나 없이……. 더운데다가 하도 비가 자주 내려서 저절로 그런가 봐요?"
"세상천지에 그런 어이없는 말이 어딨어? 그만큼 애지중지 물고 빨고 하면서 관리들을 해대니까 그런 거겠지! 나하고는 다르게……."

미안하게도 그때 당장은 다르지 않을 거라는 생각을 못 했었지 뭐예요!
여기서 그때라면, 첫 남의 나라 나들이, 그것도 무슨 마음이 내켰는지 남편이 다니던 회사에서 드물게 보내준 프랑스 파리는 당연히 아니고, 겨우 동남아. 단체 패키지여행이나마 부부 동반으로 나서게 되었다는 들뜬 마음에 잔뜩 취해 있었으니까요. 어째 이상하게도 본 여행 프로그램의 당당한 남성 출연자께서는 시종일관 몸보다 마음이 착 가라앉아 있었는데도 그저 갑자기 더위를 먹어서 그런가 보다 할 정도였으니까…….
지금 생각해 보아도 참 남사스러운 일이 아닐 수 없지요?
"여기는 도심이고 외곽이고 웬만한 집은 꿈도 못 꾸게 가격이 너무 비싸다 보니까 아예 포기를 하고서는 대신에 그보다는 덜한 외제 차에 저렇게들 매달리고 있다는 점입니다. 거, 한국에서는 뭐라고 한다더라? 예? 우리 점잖으시고 과묵하신 선생님! 뭐라고요? 아, 예에! 맞습니다! 카 푸어! 요즘 우리나라 젊은이들 사이에서도 유행하고 있다는 바로 그 카 푸어의 동남아시아판 오리지날 버전이 되시겠습니다."

입에 마른침도 안 바르고서는 여행 내내 주저리주저리 떠들어대던 현지 만년 유학생, 자칭 열정 페이 가이드의 말에서 큰 깨우침이라도 얻게 된 걸까요? 내 나라 대한민국에서는 절대로 젊지도, 그렇다고 남의 나라 사람도 아닌 우리 남편이 귀국 즉시 그놈의 카 푸어 비스름한 노릇을 본의 아니게 자청하게 될 줄은 생각도 못 했었으니까요.

그리고 장차 오늘처럼 안 하던 괴상한 짓거리까지 저지르게 될 줄은 꿈에서조차 상상해 보지를 안 했었고요.

사실은 공짜 해외여행 때문에……, 아니, 처음이자 마지막으로 그 여행을 보내준 회사 때문에……, 아니, 아니, 그 회사가 울며 겨자 먹기식으로 남편에게 떠넘긴 명옌지 희망인지 하는 퇴직 때문에……, 다 이렇게 된 거겠지요? 아니, 정말로 사실은……, 많이 째는 회사 차원에서야 제법 두둑하다지만 받아드는 우리 처지에서는 전혀 그렇지 않은 그 퇴직금을 아직은 희망할 수도 벌써 명예스러워할 수도 없었던 아주 어중간한 사정 때문이었겠지요?

"어디 나도 한번 맬 없이 때려대는 놈들 기분이라도 느껴보고 나서 죽기야 죽더라도 억울하지는 않을 것 아니야?"

"그래서 우선 폐차 처리를 하겠다고요? 당신 그 말 확실한 거예요?"

"으응!"

"그리고, 삐까뻔쩍 으리으리한 외제 차를 하나 사겠다고요?"

"으으응!"

얼마 되지도 않는 퇴직금을 헐어 새 자가용을 사야겠다는, 아니 얼마 되지는 않지만 이미 계약금까지 치렀다는 남편의 돌발 선언이 그간 안 하던 짓의 시작이었던 셈이지요. 중고로 1톤짜리 트럭이나 하나 사서 무슨 용달이든 행상이든 해보아야겠다는 말이었어도 결과는 마찬가지겠지만 말입니다. 그게 다 안 하던 짓도 짓이지만 여러모로 창창한 앞날을 생각하면 보태도 시원찮을 그 돈을 그 구멍이 크건 작건 갉아 먹는 일일 테니까요.

그래도, 어쨌든 자기가 벌어서 받은 마지막 목돈으로 자기가 하고 싶은 대로 처음 써보겠다는데 말릴 수가 없겠더라고요. 흔히들 말하는 영혼의 반쪽이라는 내 주제에 굳이 그렇게까지 해야만 하는 그 속마음을 애써 모른 척할 수는 없는 거 아니겠어요? 게다가 다행인지 불행인지 적어도 그 차만을 사 놓고서는 남아 있는 돈을 더는 축내지 않고 있다고 보아야 하니까 크게 그릇된 판단도 아니었던 거지요.

그런데, 여기서 축내지 않고 있다는 말 그대로의 의미를 다들 오해하시면 절대로 안 되시는 게……, 남편은 물론 그 차로 되지도 않는 새로운 돈벌이를 찾아 나서고 있는 것도 아니지만, 실제로 거의 돈도 들이지 않고 있답니다. 우리 30년 구축 아파트의 어둡고

비좁은 지하 주차장 깊숙이 한쪽 구석에 신! 주! 단! 지! 모시듯이 세워 놓은 채 도대체가 어디로 몰고 나갈 생각을 하질 않는 거예요. 그간 운행 게이지가 채 몇백이나 되려나?

그것도 대부분은 내가 집에서 그리 멀지 않은 대형마트에 대타 알바로 나갈 때마다 자기가 태워 준다고 나서는 바람에 킬로 수가 조금씩 올라가다 보니까 마지 못해서 그렇게 된 걸 거예요. 이제는 그나마 외제 차 출퇴근도 어쨌든 잠시나마 그만둔 상태지만 말이에요. 왜냐구요? 자꾸만 뻥 뚫려가는 것 같은 구멍을 조막만 한 내 손으로라도 막아보려는 헛된 몸부림도 생각만큼 수월치가 않았으니까요.

"어떻게 기사 딸린 벤츠도 그렇고……, 이런 데서 시간제 아르바이트나 하실 분처럼 보이지를 않으시니까 이해해 주실 거라고 믿고……. 어쨌든 그간 참 애는 많이 쓰셨습니다."

"왜 그랬을까? 도대체 왜 말도 없이 그냥 가버렸을까?"
"누가 그런 것 같은데 그래요? 아무래도 같은 아파트 사람이겠죠?"

모종의 사건을 구성하고 있는 육하원칙 가운데 '무엇을'과 '어떻게'는 심히 뻔한 사실이고, 그나마 '언제'나 '어디서'도 아니고 겨우 '왜'를 먼저 떠올린 남편에게 '누가'가 가장 급선무임을 나라도 나서서 일깨워 주어야만 하였지요. 너무 으슥한 자리에만 오래 세워 놓은 탓이었을까요? 조수석 앞 범퍼에 연한 분홍색 페인트가 미세하게 묻어 있는 것을 최초로 발견한 사람도 오매불망 차주님이 아니라 유일한 어쩌다 동승자였으니까요.

"내 차를 몰래 박은 놈은 그간 나를 대놓고 박은 놈들하고 똑같은 놈이니까 아무리 작은 흠집이라도 용서를 해 줘서는 안 되겠지?"

그런데 차도 차지만 남편도 그전과는 생판 달라져야만 했나 보아요.

저에게 무슨 큰 영감이라도 받았는지 사건의 범인을 찾기 위해서 밤낮을 가리지 않고 불을 밝힌 채 두 눈이 뻘게지도록 그야말로 혈안이 되어버렸지 뭡니까? 며칠이고 방안에 틀어박혀서 블랙박스 영상들을 돌리고 되돌리고……, 나아가 관리사무소를 한바탕 뒤집어 놓은 끝에 CCTV 화면을 들여다보고 멈추어보고……, 급기야는 사건 현장의 적나라한 고해상도 사진과 유력한 목격자에게는 후사한다는 내용의 유인물을 붙이고 뿌리고…….

사건이 발생, 아니 발견된 지 열흘이나 경과한 시점에서 이 모든 애틋한 노력이 허사로 돌아가고 있음이 분명해지고 있는데도 남편은 추호도 포기할 조짐이 당연히 없겠죠. 무슨 TV 홈쇼핑 광고에 나오는 싸구려 화학 약품으로 몇 차례 가볍게 문지르기만 하면 비록 감쪽같게는 아니지만 별 표시도 나지 않을 것 같은 작은 스크래치가 너무도 크게 받아들여지는 까닭을 알 듯도 모를 듯도 하긴 합니다만.

아무리 그래도…….

"아무래도 차종 불문 흔하지 않은 색상으로 보아서는 유아용 세발자전거나 아이들 킥보드 같은 게 아닐까 싶은 매우 합리적이고도 강력한 의심이 들어!"

"걔들이 어떻게, 아니 뭐하러 그 험한 지하까지 내려갔겠어요? 그건 말도 안 돼요!"

" ...... "

변명 대신 입을 꾹 다물고 나를 뚫어지라 노려보는 남편의 떼꾼한 얼굴에는 내가 이렇게까지 된 건 말이 되느냐고 쓰여 있는 것도 같았어요.

나를 가축으로 생각했기에

오늘도 주인집 막내 녀석한테 되게 차이었다.

내가 비좁은 집에서 빠져나와 어슬렁어슬렁 대문간 가까이에 널려 있는 돼지 도가니 뼈 하나를 막 주워 물고 갉아대기 시작할 무렵이었을 것이다. 더는 아무런 풍미도 영양가도 찾을 길 없는 그 허섭스레기 물건에라도 습관적으로 집착하게 된 본능을 원망하여야 할까 보았다. 일순간의 방심이 촉발한 연쇄 반응이 평상시와는 사뭇 다른 결과를 초래하였기 때문이었다.

"엄마아아! 이 개새끼가 내 다리를 물었어!"

"앙! 으르를르르……!"

"나 지금 무지 아프고 막 피도 난단 말이야. 빨리이이! 아아앙!"

"깽! 깨앵깨갱깽……!"

순간, 극심한 고통을 호소하며 울음까지 터뜨린 녀석의 왼편 다리에 또다시 불의의 일격을 당하였다. 그래, 나로서는 도저히 감내할 수 없는 통증을 거듭 느껴서가 아니었다. 스스로 출혈까지 있음을 요란스레 떠벌이는 아직 어린아이의 화풀이 대용 원거리 발놀림이 위력이 있다면 얼마나 있을 것인가?

실은 채 식지 않은 부지깽이나 싸구려 빨랫비누 내가 역하게 배어 있는 방망이를 들고 달려올 이 집 여장군의 붉다 못해 차마 퍼런 서슬을 생각하기만 해도 잔뜩 기가 죽어서였다. 아니 티격태격 모자지간이 급작스레 사이도 좋게 나를 겨냥해 연합 전선으로 펴부어델 그 드센 기세를 조금이나마 누그러뜨리기 위한 우리 종족 특유의 방어 기제가 발동한 것이었다.

작게 주전부리값 투정이든 크게는 미납된 월사금 채근이든 아침부터 잔뜩 수가 틀어진 녀석이 홧김에 나의 하복부를, 사실 네발 달린 길짐승의 숙명적인 x축 라인에서 상복부란 성립할 수 없겠지만, 흔히 밥 먹는 쪽인 오른발로 된통 걷어 올린 터이었다. 그걸 그만 내가 순간 전례 없이 자제력을 잃고 절대 해서는 안 될 사적인 보복을 엉뚱한 쪽 다리에다가 이어간 셈이었고…….

"아이! 몹쓸 병이라도 걸리면 어쩐다니? 아주 이놈의 개를 다리 몽둥이를 뿌러뜨려 놓든가 해야지!"

금쪽같은 자기 자식이 물렸다니까 내 급식 전담 안주인께서 순식간에 먹은 맘 없이 던진 말씀이겠지만, 나는 그만 정신이 혼미해지지 않을 수 없었다.

하지만 여기서 잠시 냉정하게 사태를 분석해 보자면, 뜻하지 아니하게 거두는 짐승한테서 하극상의 응징을 당하게 된 꼴인 녀석도 아픔 그 자체보다는 놀람과 자존심 때문에 과장된 반응을 보였다고할 수 있을 것이다. 아니면 필시 한동안은 소원해질지도 몰랐던 제

어미와의 극적인 화해 전략이었을지도.

그러니 이미 피딱지가 착 말라붙어 버린 저 얕은 상처를 함께 바라보며 아, 글쎄! 되지도 않는 뭔 놈의 공수병 타령 질이겠지? 천부당만부당 인간의 자기중심적인 음해도 억울하기 짝이 없는 일이었지만 나에게는 더 긴요하고 화급한 현안이 있었다. 내 돌연한 입질과 절체절명의 위기감! 어쩌면 이 둘은 상통하는 하나의 원인 행위에 기반하고 있다고 볼 여지도 충분하였다.

양계장 깊숙이 몰래 점 찍어둔 달걀 몇 알을 걸고 맹세하건대, 나는 현재 몸이 가볍지 아니한 상태였다. 그간 이 동리에서는 상대적으로 조신한 몸놀림으로 장차 태어날 2세들의 부계가 누구인지도 확실하게 파악하고 있었다. 그렇게 순정한 나에게 어불성설 잔학무도한 감염병 따위가 웬 영문인가 말이다.

이제 나를 약간이나마 이해해 줄 구석이 생겼는가? 내가 아직 어린 주인집 막내에게 몹시 굴었던 것은 다 뱃속의 내 새끼들을 지키기 위함이었다. 다행히 현 상태에서는 모두 일곱 마리 태아에게 만에 하나라도 이상이 생긴 것 같지는 않다. 워낙 씩씩한 성격에 탄탄한 몸매를 지녀 인근에서는 제일가는 황구를 유독 애비로 삼았는데 별 탈이야 있겠는가?

딴은 그런 수컷을 만날 수 있게 아침마다 나를 풀어 놓아준 아이의 엄마에게 재삼재사 감사해야 할 것은 감사해야 하겠다. 모자가 한통속이 되어 두려워할 물도 없는데 잠시나마 호들갑을 피운 것마저도.

"또 한 번 까불기만 해 봐라! 아주 축구공을 만들어 줄 테니
⋯⋯."

"암만 놀랐어도 키우는 짐승한테 그러면 못써!"

"엄마, 그럼 나 눈깔사탕 하나만! 으응?"

"그래, 그래! 내 강아지 새끼!"

한창 단 것에 물들 나이답게 이번 사태는 부모와 자식 간에 말하
자면 달달하게 마무리될 모양이었다. 어느새 하릴없는 국외자로 전
락해 버린 나로서도 별반 억울하거나 불리할 일까지야 없겠지만서
도. 다만, 현시점에서도 넉넉히 그려볼 수 있는 이미 내가 없는 저
철부지의 미래와⋯⋯, 사실은 우리 개들 전체의 앞날과 관련해서 아
래처럼 한 가지 걱정되는 바가 없지는 않았다.

"왜 얘가 콕 찍어서 당신한테만 그러는지 모르겠어요? 언제는 멀
찌감치서 눈치만 슬슬 살피다가⋯⋯, 또 언제는 이렇게 잡아먹을 듯
이 짖어대다가⋯⋯. 도대체가 종을 잡을 수가 있어야지요?"

"머어, 말 못 하는 짐승이 다 그렇지! 게다가 어디 요새 개가 개
야?"

이젠 도리 없이 늙어버린 저 막내 녀석은 나의 풍만한 하복부가
거의 맨살이다시피 한 앙증맞은 검정 고무신 제 발등에 물컹하니
제대로 얹히던 쾌감을 아무리 세월이 많이 흘렀어도 잊을 수가 없
었을 것이었다.

왜 어리다고 삶의 희비나 애환이 없었겠는가? 반대로, 나름 힘겨
운 고비 고비마다 너저분한 스트레스를 깔끔하게 날려 주던 마성의

발길질이 나이가 들었다고 어찌 잊히겠는가?

뭐, 막 이해가 가고 한편으로 인정도 한다. 미친개에게는 방망이질이 약! 이런 지경까지는 아니겠지만 먹다 버린 고기 부스러기와 그나마 위태롭지 않은 잠자리에 눈이 흐려져 그 옛날 우리 조상님들께서 그래도 불면의 나날 끝에 결정하신 길이 아닌가?

그 운명적인 선택의 세부 항목에 암묵적으로 포함된 옵션 정도로 여기면 될 가볍고도 살짝 애교스러운 인간들의 폭력에마저 저 까탈만렙의 소갈머리 소두견처럼 앙앙불락할 일은 아니기도 할 것이다. 저놈을 필두로 해서 요즘 젊은 아이들이 극혐의 몸서리를 칠 꼰대 짓이겠으되 나 한창때는 말이야…….

여름 복날 한철을 맞이하여 아주 길한 날로만 골라잡아서 진짜로 한 마리를 잡는다든지, 구체적으로는 개천가 다리 아래 거꾸로 매단다든지, 나아가서 몽둥이찜질을 매우 안긴다든지, 심지어는 터럭 오라기 하나 없이 말쑥하니 그슬린다든지 해도 누구 하나 뭐랄 존재 없이 다 그러려니 하고들 넘어갔어! 근데 세상이 어쩌다가……! 이거 왜들 그러는 거야?

아마도 그렇게 일부의 살신성인적인 희생을 바탕으로 하여 대다수는 속박과 굴레에서 벗어난 삶을 살 수도 있었다는 불편한 진실이 이미 아득해져 있을 것이었다. 악몽처럼 평생을 제한된 공간에 갇혀 살거나 알량한 외출 시간이나마 질긴 목줄에 얽매일 필요가 없이…….

그러니까, 주인의 눈길에서조차 완벽하게 벗어나 자유롭게 바깥나들이를 할 수 있는 아침나절이 있었다고 하면, 그리 멀지도 않은 나의 후손들은 하나같이 믿기지 않아 할 게 뻔하였다.

"야아! 새벽 댓바람부터 온 동리 바람든 개란 개들은 다 모였구나!"

"저놈들이 슬슬 흘레붙을 모양이니까 우리 끝까지 구경하고 나서 학교에 가자! 응?"

그래서 내가 해마다 거르지도 않고 번듯한 신랑감으로만 골라가며 만나서 본연의 동물적 수요에 부응하는 한편으로 알토란 같은 우리 새끼들을 낳아 거두는 천혜의 모성애까지 뽐낼 수가 있었던 것이었다. 그러니 천방지축 꼬마 주인에게 수시로 얻어 차여도 그저 그때일 뿐, 무엇인가 안으로 크게 쌓이거나 깊이 가라앉을 감정의 찌꺼기 따위는 천부당만부당이었다.

오로지 건전한 욕망에 지극히 거룩한 본능이 깃들어 있었다고나 할까? 입때까지 우리의 실질적인 지위에 대해서 추론하자면, 바로 특권화된 가축! 그 이상도 그 이하도 아니었다고 생각한다. 아니 그냥, 본연의 가축일 따름이었다.

그렇다는 것은 일정하게 인간의 보호와 관리를 받긴 하지만, 받는 만큼 그들에게 혜택이나 도움을 주고 나면 어느 정도의 자율성은 보장되는 존재였다는 뜻이다. 젖과 고기 등의 대가로 계절별로 광활한 목초지를 마음껏 누비는 먼 나라 소나 양처럼 나도 밤새 집을 지키고 나면 응당 굴레를 벗어나 자유로이 동네를 활보할 수는 있질 않은가?

자칫 내가 방금 예로 든 다른 집짐승들을 다소 부러워하고 있는 듯이 비쳤다면 그것은 순전히 나의 불민과 미욱함 탓이니 널리 헤아려 주기만을 바라야겠다. 대대손손 유전자 전달의 막중한 사명을 이고 진 동물의 세계에서는 이게 워낙 큰 것이어서 그렇다.

아니, 거의 전부라고도 할 수 있겠지? 그러니 제 흥에 취해서 실물 경제적인 차원의 그들과는 크게 다르게 우리 두 손아귀에……, 아니지! 네 발뒤꿈치에 걸려있는 짝짓기와 출산의 재량권이라는 특혜를 새삼 자랑하려다 보니까 그만 그렇게 되어 버렸다.

그런데, 장차 저 서열 최하위 막내 녀석도 가장에다가 꼰대 별호를 들어야만 할 앞날에는 이게 영 안 그럴 것 같다는 무언가 느낌적인 예감이 다시 고개를 쳐드는 이유는 왜일까? 이것 역시도 내 DNA 안에 뒤틀려서 꼬여져 있는 종족 보존의 본능이 선견지명을 발휘한 결과일 것이다. 실상은 크게 앞서지도 많이 밝지도 못한 머잖은 미래의 모습이겠지만 말이다.

아마도, 다음과 같은 후일담의 연장이나 아닐는지?

"텅 빈 집구석에 이렇게 둘이서만 들어앉아 있으면 이 눈치 저 눈치 보느라고 꼼짝달싹도 못하는 놈이……, 하루 왼종일 노인정 여편네들하고 마실 나간 우리 마나님만 돌아오시면 너나 나나 난리도 그런 난리가 어디 있담?"

"으으을……, 끄으을……!"

"왜? 저 넓은 세상으로 나가보고 싶은 게냐? 이 늙은이는 인젠 무릎도 성치 않아서 개가 개 같으라고 가다가 한 번씩 네 놈 배아지를 걷어차 주는 것만으로도 힘에 부쳐! 사내놈이 사내 구실을 해야 직성이 풀릴 텐데 듣기만 해도 해괴한 중성화라나 뭐라나? 그냥 싹 다 발라버려 놓았으니……, 워언 참!"

"끄으응……, 으으응……. 왕!"

"사람이고 짐승이고 제 활개를 펴고 살 때가 좋지! 지금이야 거동하기도 곤란하지만 이래 봬도 나는 그렇게 잘나가던 때가 있었단다. 요놈아! 거, 뭣이냐? 여우 같은 마누라 얻어서 토끼 같은 자식들도 낳아 보고……. 너는 아예 그런 건 꿈도 못 꾸어 볼 것 같으니까 더 그러는 거지? 아이고, 세상천지 불쌍한 녀석! 아, 막 뎀비고 그러지 말어! 예끼, 이 천하에 씨 빠진 불상놈아!"

"앙! 크아앙! 아아앙! 캉!"

아빠 부디 오래오래 사세요!

"아리가또……."

할머니께서 진심으로 감사히 돌아가시고 나자 서로서로 아무런 혈연관계도 아닌 '어느 가족'은 무슨 까닭에서인지 집 안에다 암매장을 감행하게 되지요. 뭐, 그러는 데에는 물론 여러 가지 이유가 있었겠지만요. 저는 살아생전 할머니가 받으시던 얼마 되지 않는, 그러나 그 가족의 총수입에 비해서 분명 얼마쯤은 되는 바로 연금 때문이 아니었나 해요.

아! 사실이 아니라, 우리나라 영화 덕후분께서도 많이들 좋아하시는 현재 일본의 가장 대표적인 감독의 비교적 근작 얘기에요. 그러니, 어쩜 사람의 탈을 쓰고 저럴 수 있담? 이런 어쭙잖은 비분강개는 잠시 접어두셔도 괜찮을 것 같네요. 아, 정말로 잠시만요! 왜냐하면, 고령화 사회 일본에서 종종 일어나는 실제 사건에서 아이디어를 얻었다는 풍문도 있다잖아요.

거……, 왜? 히키코모리 급의 사회 부적응에 생활 무능력자로 자라나 잔뜩 나이만 먹은 자녀. 그들이 한정 없이 얹혀살던 노부모가 이웃과 단절된 연립주택이나 아파트에서 갑자기 죽게 되었다. 굳이 진짜로 죽게 된 건지, 기어이 죽이게 된 건지 파고들지는 않겠지만…….

아무튼, 고인의 곧이곧대로 법률적인 사망 신고가 자칫 자신의 유예되었던 파산으로까지 이어질지도 모르는 절체절명의 상황. 그래서 생존의 궁여지책으로 시신과의 불편한 동거나 예의 암매장, 심지어는 그야말로 엽기적이고 창의적인 사후 처리를 선택하게 된다. 피치 못하게 노령연금 등의 각종 생명줄을 고수할 수 있는?

일단은 불행 중 다행인지 아직 우리나라는 저 정도까지는 아니라고 봐요. 돈 없고 가족 없는 노인네들을 포함해서 주변의 관심 밖에서 혼자 살아가는 사람들이 늘어나고 있다고는 하지만 말이에요. 하기는 경제적으로나 정서적으로나 지금 적지 않은 어르신들보다는 우리 같이 아직 젊은 축들이 앞으로 더 문제일 거라고 하질 않나요?

그건 어디 멀리도 아닌 당장 우리 집안 사정만 확 까뒤집어 놓고 보아도 확실히 그런 거 같기는 하거든요.

"할아버지! 저 새 골프채 사 주세요오! 그러면 맨날 할아버지 집에 와서 뽀뽀해 드린다니까요오."

"그래? 아이구 내 가양아지! 이 혼자 사는 할애비는 지금 당장에 그런 큰돈이 없어요오. 대신에 골프 배우러 댕기는 학원비를 대 주까? 인제부터 돌아오는 달마다 빼놓지 않고서는……."

"아! 골프 클럽도요오! 진짜로 엄마랑 매일 와서 이렇게 새 김치에 밥도 같이 많이 먹고 뽀뽀도 해 준다니까요오."

"얘는 거기서 여기가 어디라고? 아버님, 다 큰 애가 늦둥이라서 버릇이 없어서 너무 죄송해요! 그리고 골프 배우는 거는 저희가 어떻게든 알아서 할 테니까 괜한 신경 쓰지 마세요! 그런데 이 봉투는 언제 왜……?"

맹세코 절대 제가 사전에 기획하지 않은 아주 사사로운 해프닝 하나일 뿐이에요. 분명 그렇기는 하지만……, 우리 집안 최고에 유일한 어른이신 시아버님께서 처해 계신 다채로운 상황을 축약해서 보여주는 감마저도 없질 않게 되었군요.

조금 야박하단 소릴 듣더라도 앞으로 그걸 좀 세밀하고 객관적으로 분석해 볼까 해요. 예? 왜냐고요? 이게 단지 제 개인적인 소회만을 토로하려고 시작한 글이 아니라는 걸 앞서 예로 든 일본 영화 소개에서부터 충분히 내비쳤다고 생각하는데요……. 뭐, 어쨌든지 간에 아무려나요!

① 남성 노인은 자손 세대와 일정한 교류를 하고 있다.
② 남성 노인은 자손 세대와 정서적 교감이 있어 보인다.
③ 남성 노인은 자손 세대를 위한 헌신 의지가 강하다.
④ 남성 노인은 원인 불명의 독거 생활인이 되어 있다.
⑤ 남성 노인은 목돈을 지출할 경제적, 정신적 여유가 없다.
⑥ 남성 노인은 정기적이면서 적당한 양의 수입은 있다.
⑦ 남성 노인은 자손 세대의 보살핌을 일부 받고 있다.
⑧ 남성 노인의 자손 세대는 지출이 증가 일로에 있다.

이 중에 ④는 참으로 안타까운 백스토리를 깔고 있어서 지금도 막 눈물이 나오려고 하네요. 갑자기 귀여운 손녀딸이 보고 싶다고 서둘러 자식네 집으로 오시던 시어머니께서 불의의 사고로 혼자서만 돌아가신 지 벌써 예닐곱 해가 다 되어 가나요?

그러니까 시아버지께서 그게 오로지 당신 탓인 양 얼마 되지 않는 보상금도 저희에게 모두 내던져버리시고 쓸쓸하고 외롭게 지내신 세월이나 마찬가지라는 거죠. 그래서 솔직히 유별나게 드러내고 싶지 않은 다소간에 낯 간지러운 일이겠지만 외며느리인 제가 어떻게 ⑦을 담당해야 도리일 것 같아서 ①처럼 하려고 애쓰고 있는 것이고요.

그러다 보니까 자연스럽게 ②와 ③의 반대급부적인 시너지 효과도 발생한 셈이 되겠지요. 실은, 제 차로 간혹 아이와 함께 한 시간 남짓 거리를 갓 담근 싱싱한 김치나 좋아하시는 밑반찬이건 마른반찬이건 조금씩 싸 들고 가끔 주말이면 찾아뵌 것밖에는 없는데도 말이에요.

그래서 어쩔 수 없이 저희가 예전 몇 차례의 지원에도 불구하고 ⑧과 같은 사정인 걸 잘 아시게도 되었겠죠? 아, 물론 그 몇 차례의 맨 마지막이 우리 후덕하셨던 시어머님께서 작고하신 직후였으니까 시간이 꽤 되었다면 되었겠네요.

아무리 사별은 하였을망정 옛말대로 부창부수 아닙니까? 더 이상 말할 필요도 없이 시아버님께서도 ⑤와 같은 처지시라 하나뿐인 아들네에게 큰 도움이 되질 못하는 것을 몹시 안쓰러워하시고는 계시죠.

낼모레면 여든을 바라보시는 노인네가 진짜 수중에 큰돈은 없으시거든요. 지금 줄여서 사시는 열세 평짜리 빌라에다가 ⑥의 소득이 가지고 계신 재산 전부라는 것은 이 맏며느리이자 외며느리인 제가 확실히 보증을 서도 설 수 있다니까요.

그래서 그러신지 요즘 흔한 노인네들답지 않게 쓸데없는 지출을 하지 않으려고 신용카드도 다 없애셨죠. 이미 보았다시피, 그때그때 얼마씩 필요한 현찰만 뽑아서 쓰세요. 그러니 중고 골프채도 장기 할부가 된다는 생각은 아예 못하시는지 안 하시는지 그런 거죠.

이제 웬만큼 짐작하셨겠지만요……, 결정적으로, 아니 결론적으로 저희 시아버님께서는 요즘 노인네로서는 진정 흔치 않은 공무원연금공단의 당당한 수급권자? 아, 편하게 연금 생활자이십니다!

우리 소중한 가족 구성원의 개인적인 신상 정보와 관련되는 문제라 여기서 상세히 공개하기는 좀 그런데……, 오랜 공직 생활 끝에 월 삼백 가까운 혜택을 평생 헌신한 나라로부터 받고 계신 거죠. 재직 당시 끔찍한 쥐꼬리 봉투에 가위눌리셨던 당신께서는 이거 하나만을 꿈꾸며 견디고 견디셨다니까 차라리 보상이라고나 말해 드려야 할까 봅니다만.

아무튼 정년 이후에 시부모님 두 분께서도 그리 풍족하지는 않으셨겠지만, 그때나 지금이나 늘그막에 누구한테 아쉬운 손과 입을 벌리지 않아도 되는 그저 감사한 일이겠지요. 가만 생각해 보니 단지 고맙다기보다는 요즘 애들 말로 레알 꿀! 개꿀 빠는 일인지도 모르겠네요.

아버님! 너무 달다 보니 그래도 당뇨 같은 노인성 질환은 각별하게 신경 쓰셔야겠어요. 훗훗!

어쨌거나, 저희만 해도 그래요. 하마터면 어쩔 뻔했느냐는 거지요. 뭐, 결혼이다, 이사다, 개업이다, 입주다, 그간 큰일 있을 때마다 알게 모르게 받아쥐게 되었던, 그게 고만하든 웬만하든 어쨌든 뭉텅이들이 있었거든요. 이건 순전히 상상하기도 싫은 만에 하나지만, 다른 부모님들 모양 빤한 사정을 놓고서 어떻게 자식 된 도리로 내팽개쳐둘 수 있었겠느냐는 거지요.

천만다행으로 그럴 일은 아예 없고, 게다가 오히려 우리 젊은 사람 형편을 노인네가 먼저 알아서 챙기려 드시니 고맙고도 감사한 정도로는 도대체가 성이 차질 않네요. 방금도 골프채 세트까지는 아니더라도 적지 않은 매달 레슨비 쾌척이나마 공약하시게 된 사안도 같은 맥락이라고 이해해 드려야겠죠?

저희 아버님은 그 정도는 여유가 있으시답니다. 하긴 혼자 사는 노인네가 다 늙은 당신을 위해서 돈 쓰실 일이 있으면 얼마나 있겠어요. 매달 병원비, 약값 얼마에 하루 두 끼나 제대로 드실까 말까?

"에미야! 이 돈 딴 데 쓰면 안 뒤야? 꼭 내 똥강아지를 위한 거니께!"

또, 절대로 허투루 지출 안 하시는 게 몸에 밴 양반이시기도 하고요. 결단코, 내 새끼들 말고는 그 누구한테도요.

가끔은 그 누가 있었으면 하는 생각이 저도 들 때가 있긴 하답니다. 매번 가깝지도 않은 길 바리바리 싸 들고 다니는 것도 그렇지만, 무엇보다도 그렇게 해드려도 결국에는 외로울 노인네가 말년에 혼자 쓸쓸하게 참 안되셨잖아요?

하지만 이만한 집에, 그만큼인 돈을 보고 들어와 앉아서 뒷바라지해 줄 만한 적당한 중늙은이 마나님들이 없으시답니다. 요즘은 인심이 사뭇 영악해져서 암묵적인 여러 자격 조건이란 게 있다는데……, 우리 아버님은 노년 말년 동거 계약 시 그 한참 아래로들 치는 모양이에요.

그럴수록 설상가상! 아니면 전화위복인가? 제가 더 잘, 더 자주 살펴드리는 수밖에는 없다 싶은데 다행히 이 양반이 주중에도 그럭저럭 제법 혼자서도 소일은 되시나 봐요. 건강도 아직은 나이에 비해서 그럭저럭하신 편이고요.

그래서 낮에는 동네공원에 나가 몇 바퀴라도 느긋하게 돌고 도시다가, 마침 시국 걱정 나라 걱정 중인 또래 어르신 무리라도 마주치게 되면 그러지 않아도 진작부터 갈고 닦았다는 듯이 열변을 토하시겠죠? 반평생 국민의 공복으로서의 면모를 아낌없이 발휘하시면서…….

그래도 미진했다 싶으시면 횡하니 집으로 돌아오셔서도 다양한 종편 TV의 시사 프로그램이 또 있고요. 그런데 진짜 알짜배기 소일거리는 간편하게 버튼만 몇 번 누르면 만나실 수 있는 스포츠 채널 시청이랍니다. 야구고 축구고 가리지 않고 아무거나 즐겨 보는 것이 젊었을 때부터의 돈 안 드는 유일한 취미셨다는 살아생전 시어머니의 뒷담화를 귀담아 두기 참 잘했네요.

"앞으로 오밤중이고 새벽이고 우리 강아지 골프 치는 거 테레비에 나오기만 하면 이 할애비가 한나도 빼먹들 않고 볼 꺼여! 그러니 잘햐! 잉?"

더도 말고 덜도 말고 꼭 지금만 같으시다면, 그리고 계속 관심을 기울여 주신다면 전혀 불가능한 일도 아닐 것 같아요. 혹 흐르는 세월은 거스를 수 없어 끝내 요양병원 같은 데로 들어가시게 되어도 휠체어나 침대에서라도 그 모습을 보실 수 있도록 애나 저나 진짜 열심히 노력해야겠어요.

막상 그날을 머릿속으로 그려보니 또 눈물이 작별 인사를 앞서네요.

"아빠! 정신은 흐릿해지시더라도 제발 오래오래 살아만 계셔야 해요!"

일찌감치 홀어미 손에서 자라난 저에게 낯설기만 한 아버지도, 그렇다고 어색한 시아빠도 아니라면 진심으로 불러드릴 마지막 호칭이 그거밖에는 없어서 그럴 겁니다.

그때 가 봐야 알겠지만 바로 그 고마운 아빠가 당장 너만 믿고 다 맡긴다며 제 손에 쥐여줄 연금 통장이나 출금 전용 체크카드 따위가 눈물겨워서 촌스럽게 양쪽 어깨를 번갈아 들썩이거나 그러지는 않겠죠? 아마도!

제3부. 밝에서

자소서 말고 소설을 쓰소서

1. *귀하께서 본 업소에 지원하게 된 동기를 간략히 서술하시오.*
   (띄어쓰기 제외 500자 내외)

[난초로 태어나 응당 맑음을 좇아야]

저는 줄곧 저 자신이 가장 고결한 성품을 지니고 이 속된 세상에 태어났다고 믿어 왔습니다.

그것은 어려서부터 현재까지 한결같은 저의 식생활 습관이 증명해 주고 있다고 생각합니다. 어릴 적 누구나 한 번쯤은 손을 대게 마련이었던 쫀드기와 슬러시 등의 학교 앞 문방구 전용 불량식품은 거들떠본 적이 없습니다. 지금도 길거리 포장마차에서 갓 찍어낸 붕어빵과 어묵 국물을 놓고 현장 취식이냐 테이크아웃이냐 따위를 고민하지는 않습니다.

아! 긴장되어야 할 이 순간에도 저는 위생적이면서도 섭생에 도움이 되는 것만을 골라 직접 찾아서 섭취하고 싶은 강한 열망을 느낍니다. 이건 마치 운명과도 같은 것입니다. 예를 들어서, 저 곡물 와플과 카밀러? 그냥 편하게 캐모마일의 신박한 조합과도 같은?

그래서 누군가는 제 이름 미란이를 아름다운 난초가 아닌 맛있는 난초라고 풀이해 주기도 하였지 뭡니까? 예? 누구긴 누구겠습니까? 불면 날아갈까 쥐면 꺼질까 노심초사에 애지중지하시는 저의 아버님, 여기와는 밀접한 관련 업체인 박 이사님이시지요.

마침 그분께서 평소 너의 고결한 성품에 잘 어울리는 깔끔하고 세련된 곳이니 경험 삼아 일해보는 것도 나쁘지는 않겠다고 하셨습니다. 그래서 자식 된 도리로 감히 거역하지 못하고 여기에까지 이르게 되었습니다.

2. 귀하께서 본 업소에 지원하기 위하여 특별히 개인적으로 기울인 노력이 있다면 모두 서술하시오. (띄어쓰기 제외 1,000자 내외)

[언제나 꿈과 미를 함께 머금고]

저는 책과 펜으로 대표되는 죽은 지식보다는 비유하자면 몸과 마음으로만 접할 수 있는 살아 있는 경험을 높이 사자는 주의였습니다. 당연히 뻣뻣한 숫자로 표시되는 학교 성적은 안중에도 없었습니다.

이게 얼마나 초지일관이었느냐 하면 초등학교 입학부터 고등학교 졸업할 때까지 줄기차게 꼴찌를 도맡아서 한 차례도 놓친 적이 없었으니까요. 아! 유치원이나 놀이방도 성적표가 나올 수가 있었다면 마찬가지였을 것 같네요. 그래서 첨부된 이력서에서 보실 수 있는 것처럼 학력 사항은, 특히 출신 대학과 학과는 모두 뭐 그리 대단

할 게 없습니다.

그러면 대신에 무엇을 했느냐? 우선 수업 시간이고 뭐고 가리지 않고 잠을 좀 잤습니다. 그러면서 셀 수 없이 다채로운 꿈도 꿀 정도로요. 우리 박 이사님 부인 말씀으로는 그래서 네가 아름다울 미 짠지 아닐 미 짠지 좌우지간 미인이 된 모양이라고 하십니다.

하지만 그렇게 잠을 많이 자도 살이 덕지덕지 붙지는 않는 것을 보면 이건 몸도 마음도 슬림하신 부모님을 따라서 타고난 체질임이 아마도 분명합니다. 어디 잠뿐이겠습니까? 그나마 깨어 있을 때는 최고의 맛집만을 찾아서 바다 건너 어떤 키다리 아저씨처럼 고독한 미식 기행을 일삼는데도 그런 걸 보니 확실하다니까요!

[꿈은 꾸는 것만이 아니어서]

솔직히 학교 공부는 포기했지만 그렇다고 제가 세상 모든 일에서 흥미나 관심까지 접은 것은 아니었습니다. 접기는커녕 줄기차게 노력을, 그것도 차곡차곡 기울여 왔다고 보는 것이 지극히 온당할 것입니다. 일단은 앞에서 말한 대로 잘 먹었습니다. 맛있고 열량 적당하고 세련되고 우아한 것들로만 가려서 참 잘 먹었습니다.

이 말은 치킨, 피자, 족발, 짜장면 등등은 다행히 전단이나 스티커로도 접해본 적이 별로 없다는 뜻이기도 합니다. 저는 저기 메뉴판에 보이는 것과 비슷한 핫하고 힙하고 트렌디한 아이템들을 몸소 찾아와 음미하는 참으로 고상한, 우리 박 이사님께서 뭐라시더라? 아! 도어락? 도시락? 그래! 식도락을 갈고 닦아 왔습니다.

바리스타와 파티셰? 파티시에!

어차피 이제는 소용도 없는 거, 아무렇게나 부르면 어떻습니까? 관련 자격증들을 따면 참 좋겠다는 막연하고 기특한 생각이 문득 저를 찾아온 것은 그다음이었습니다. 실제로 기가 막히게 비싼 돈 들여서 학원에 등록시켜 주는 그 다음다음은 우리 부모님의 몫이었습니다.

직접 케이크를 만들어 보고 커피를 내리는 일은 재밌기는 하지만 일도 아니었습니다. 들인 돈에 비해서도 너무나 쉬웠습니다. 그래서 저도 곧 따는 줄로만 알았었으니까요.

그런데, 가만 지켜보니 별로 필요가 없을 것만 같더란 말입니다. 왜냐고요? 말만 자격증이지 어디에다가 쓸데가 없는걸요. 하다못해 민증 대신으로 다들 핸드폰 케이스에 꽂고 다니는 운전면허증만도 못해 보였으니까요. 게다가 각종 조리사 자격증은 이것들에 비하면 대통령뻘이라지 뭡니까?

그렇다고 해서 제가 겨우 그 알량한 수준의 필기시험 때문에 접은 것은 결코 아닙니다. 저는 어려서부터 시험에서 떨어지는 게 아무렇지도 않은 사람인데요. 뭘!

3. *귀하께서 본 업소 채용 후 반드시 이루고자 하는 목표가 있다면 무엇인지 구체적으로 서술하시오. (띄어쓰기 제외 1,000자 내외)*

[함부로 깊이 뿌리 내리지는 않고]
허접한 자격증 따위는 없어도 얼마든지 제가 잘할 수 있다는 걸

보여주는 것이 첫 번째입니다. 아직도 서른이나 넘은 저를 못 믿어라 하시는 우리 부모님에게 뿐만이 아니라 저 자신에게도 말입니다. 다행히 이 분야의 일이 제가 좋아하고 그나마 잘할 수도 있을 것 같으니까 그렇게 많이 걱정이 되지는 않습니다만.

다만, 이 나이 먹도록 알바와 정식 가리지 않고 제가 이런 곳에서 일하는 게 난생처음이다 보니까 조금, 아니 많이 서툴 수는 있다고 생각합니다. 하지만, 크게 신경 쓰지 않으려고 합니다. 언제까지나 이런 식으로 일만 배우면서 어른들 말씀마따나 뼈를 묻을 것도 아니니까요. 아! 저는 난초 같은 성품을 지녔으니 뿌리를 박는다고 해야 맞을까요?

어쨌든, 짧든 길든 경험 삼아 열심히는 해 볼 생각이니 사장님께서도 너무 미리부터 걱정하지 않으셨으면 합니다. 포스기는 최대한 프로페셔널하게 찍어대는 방법을 그간 여러 매장에서 주문을 넣으면서 속으로 상상으로 임신을, 앗, 실수! 연습을 거듭하였습니다.

그 전에 능숙한 척 복잡한 오더를 받아넘기거나 진상 고객을 응대하는 심플하면서도 다소 안 우아한 대사들도요. 만약에 이러다가 잘생긴 훈남 단골하고 그 흔한 미니시리즈에서처럼 무슨 일이라도 생겨도 전 몰라요!

아, 아, 제발 비웃지 마세요! 말이 그렇다는 거지, 그것들보다 저의 아직 싹틔우지 못한 창의적인 재능을 발휘하는 게 더 중요하다는 것쯤은 잘 알고 있답니다.

가령 예를 들어서, 저 멀리 원자재 공급업체고 바로 앞에서 주문하신 손님이고 간에 아무도 상상해 보지 못한 일? 기가 막히다 못해 입이고 코를 가리지 않고 깜짝 놀래키기에 충분한 새로운 레시피들을 끊임없이 개발하여 거침없이 선보이는 것?

[떠날 때는 모양 빠지지 않게]

다음이자 최종 목표는 여기를 최대한 신속하게 정리하는 것입니다. 마음속으로는 벌써 저를 그렇고 그런 애라고 생각하셨어도 이건 정말 의외시죠? 방금까지도 경험이니 썸남이니 신메뉴니 제멋대로 상상의 줄기를 마구 뻗어 올리더니만 말입니다.

그렇다고 일을 시작하자마자 제가 금방 그만두겠다는 뜻은 절대 아닙니다. 얼마쯤은 시간을 보내다가 그러겠다는 거니까 저를 뽑자마자 또 새 알바를 구해야 하나 쓸데없는 지레짐작은 제발 않으셨으면 합니다. 어쩌면 그만두기까지의 시간이 짧으면 짧을수록 좋을 수도 있겠지요? 아, 그런데 그 좋을 사람이 우리 사장님보다는 바로 저라는 게 여기서는 더 중요하겠네요.

무슨 말인지 대충은 아시겠지요? 아직도 도통 잘 모르시겠다고요? 여기에 오기 전에 우리 박 이사 내외분께 귀에 딱지가 앉게 들어서 제가 오히려 더 잘 알고 있나 봅니다. 이런 일이 원래 빛 좋은 개살구? 이건 가증스럽게도 박 이사님의 표현인데요. 아무튼 이렇게 번지르르한 겉보기와는 다르게 별 실속은 없다면서요?

솔직하게 톡 까놓으면, 우리 사장님께서 요 근래 경영상의 어려움을 매우 크고 깊게 겪고 계시다면서요? 그래서 속은커녕 그나마 겉으로는 잘 드러나야 하는 때깔도 빛이 아닌 빚이 되어버렸다고 본의 아니게 듣게 되었습니다. 이건 박 이사 사모님 특유의 팩트 폭

격이었으니까요.

간단히 줄이자면, 마지막으로 제가 최대한 신속하게 정리할 대상은 저 자신이 아니고 우리 사장님 본인이세요. 저는 정리의 주체, 그러니까 여기 새 주인이 되는 거겠지요? 제가 하도 빈둥빈둥 아무 하는 일 없이 세월만 죽이고 있으니까 우리 박 이사님이 안팎으로 두 팔을 걷어붙이고 나서서 빅 픽처를 그리신 거겠죠? 좌우지간 일이 이렇게까지 되어서 참으로 유감입니다.

〈선택〉 *만약 귀하가 지금 가장 하고 싶은 말이 있다면 솔직하게 밝혀 보시오. (형식과 분량 모두 제한이 없다고 가정하고……)*

안쓰러운 우리 사장님!

이렇게 된 마당에 끝으로 제가 비밀 얘기 하나 해 드릴까요?

저는 진심 이따위 일을 하고 싶은 마음이 눈곱만큼도 없습니다. 그저 지금처럼 소확행 실천을 우리 박 이사님 내외분께서 차례차례 돌아가실 때까지, 아니 제가 그분들의 모든 것을 이어받아서 편안히 살다가 죽을 때까지 바라고 있지요. 몇몇 제 또래 아이들처럼은 거칠고 험한 일을 정말 모르고도 싶습니다.

그러기 위해서 지금 이런 글도 쓰고 곧 있을 인터뷰도 하는 척할 뿐이지요. 그러니 사장님께서도 언제까지가 될지는 제가 알 도리가 없겠지만, 어떻게든 이 숨 가쁜 고비를 넘기고 다른 일을 구상하실 시간이라도 벌고 싶으시다면 과감하게 저를 짤라 주세요.

자신도 모르는 사이에 거의 을이 되어버리신 사장님 입장에서는 참으로 어렵고도 난처하신 일이라는 거 저도 너무 잘 압니다. 하지만 당분간 사장님도 살고 또 저도 영원히 사는, 바로 그래요! 서로가 윈윈할 수 있는 오직 단 하나의 길이라고 생각하시면 안 될까요?

　사장님! 부디 용기를 내주세요! 예에?

하드 말고 패드 말고 럽 위드

야, 이놈들아! 좀 조용히들 해라! 이제 곧 어떻게 될 것도 같으니까……

지금 더 어이가 없는 건 나다. 이렇게 하드가 갑자기 속된 말로 맛이 갈 줄 어디 꿈이나 꿨겠냐고? 그것도 속도와 안정성을 보장한다는 SSD가 말이다. 그러니까 내 말은 사람은 물론이고 기계도 믿을 것 하나 없다는 거다.

너희들한테는 호랑이 담배 먹던 저 윈도95, 98 시절에 3.5인치짜리 플로피에다 니들 말마따나 개간지가 넘치도록 기말고사 문제를 떡하니 저장해 놨다가 영문도 모른 채 고스란히 날려버린 뒤로부터 나는 절대 안 믿었다.

그런데……, 그랬으면 뭐 해! 니들도 USB고 외장하드고 스마트폰이고 심지어는 클라우드고 뭐고 방심하지들 말란 말이다. 괜히 나 같은 꼴 당하지 않으려면, 응? 알아듣겠냐?

어떻게 좀 모니터에 바탕화면이 뜨는 것 같냐? 어? 떴다, 안 떴다, 그런다고? 솔직히 나 이거 처음 연결해 본다. 그것도 RGB가 아닌 젠더까지 달린 HDMI로는.

근데 이게 왠지 낯설지가 않지? 그래 맞다! 우리 3학년의 원 탑, 베스트 뷰티풀 걸, 바로 최고미 쌤의 수업용 서브 패드다. 내 노트북이 고장 난 걸 모른 척하질 않고 특별히 세팅까지 해서 오늘 하루 빌려주신 거란 말이다.

어쩐지, 고미 쌤은 아무렇지도 않게 연결이 잘 되는데 나 혼자서만 그런다고? 그러니까 차라리 1교시에 들어왔던 고미 쌤을 다시 모셔오자고? 예끼, 이놈들! 나도 엄연히 직장 선배이자 원로 교사로서의 체면이 있고 염치가 있다.

아! 어떻게 빌려준 사람에게 연결까지 부탁을……, 하고 싶은 마음이야 굴뚝 같지만, 오늘 오후 늦게까지 교육청 출장이시라 지금 이 늙은이가 되지도 않는 생고생을 하고 있는 거 아니겠냐?

그래서 숨 좀 돌리자는 차원에서…….

지금 자리에 없어서 하는 말이지만, 그나저나 우리 최고미 선생님은 내가 볼 때마다 여러 가지로 참, 사람이 그냥 진국을 넘어서 진짜 사골국이야!

너희들도 다 그렇게 생각하지? 다만, 아쉬운 건 이쯤에서 결혼을 해줘야 하는데 이상하게도 우리 학교를 비롯한 비슷한 또래의 총각 선생님들은 열의가 너희들만 못한 것 같더란 말이야. 얘들아! 이건 진짜 뒷담화 아니다. 그게 누가 됐든지 간에…….

근데, 내가 평소에도 유독 고미 쌤한테만 관심이 지나친 것 같으다고? 야, 인마! 거기 늙어서 주책 누구야? 니들이 속으로 음흉하게 그려보는 그런 거 절대 아니니까 쓸따리도 없는 염려는 붙들어 매뒈라! 계속 그만 소리 하면 주리를 틀어버린다. 아니, 끽소리도 못하게 당장 사약을 내리리라!

뭐? 신분상의 제약? 어라, 이 자식 봐라! 지금이 무슨 조선 시대도 아니고, 또 내가 한국사도 아닌데 어디서 감히 그런 말을? 뭐, 인마! 그래도 그게 엄연한 현실이라고? 우리 사회, 아니 우리 학교에도 비정규직과 정규직의 넘사벽은 분명히 존재하고 있다고 본다고?

평상시에 어리고 철없게 군다고 순전히 우습게만 봤더니만 이 녀석들이 갈수록 점점……? 그래서, 고미 쌤 본인도 알게 모르게 먼저 알아서 스스로 꿇는 경향까지 있는 것 같다고? 이거 어째 훈훈한 예능으로 시작했는데 그 온기가 자꾸만 썰렁하게 다큐로 새는 것 같다. 명색이 애들을 가르치는 선생으로 이대로는 도저히 안 되겠잖아?

아, 포기! 포기라고!

나도 기꺼이 최고미 선생님이 빌려주신 패드 연결을 이젠 그만 포기할 테니까……, 너희들도 너무 깊숙하고 어두운 곳까지 들어가는 거는 포기해라! 제발드을. 그러면 이번 시간 수업은 어떻게 되는 거냐고? 모니터 연결이 안 되는데 당연히 못하는 거지 뭘! 아니, 내가 안 하겠다 이거지! 어차피 이참에 싸그리 다 포기하면 되지 않겠어?

조용! 조용히들 하라니까! 대신에…….

옛날에, 그러니까 사실 그렇게 옛날도 아닌데 너희들에게는 아주 옛날옛날 때에 두 친구가 있었다. 다들 군대까지 다녀온 복학생 신세에다가 하루도 빼놓지 않고 도서관에 틀어박혀서 무료하게 취직 공부라도 하는지 별로 학교 다니는 재미도 모를 때였어. 어쨌든 대학 생활 내내 붙어 다닐 정도로 친하긴 친했는데, 묘하게도 서로 성격이나 행동은 정반대인 편이었지.

단적으로, 하나는 벌써 약혼반지에 예물 시계까지 하고 있었던 반면에, 다른 하나는 요즘 흔한 말로 거의 모태 솔로 급이었단 말이야! 여기 3반에 있는 누구하고 누구 사이 같다고? 니들 나이에는 모태까지는 아니더라도 솔로가 더 정상 아니야? 무슨 어린 놈의 시키들이 커플링에 커플티에…… 그 오묘한 남녀 관계에서 아직 한 치 앞도 내다보지 못할 주제에 웃기지들 말라고 그래!

근데 그거는 아냐? 자기 여자가 있건 없건 간에 근본적으로 모든 여자가 두 친구에게는 그림의 떡이었다는 불편한 진실을……. 이미 있으니까 절대 한눈을 팔아서는 안 되고, 반대로 한 눈이 아니라 두 눈, 세 눈을 팔아봐도 아무 소용도 없고 한 신세들이 실제로는 별 차이도 없는 처지였던 거지. 아닌 게 아니라, 그래서 친해진 건지 친하니까 그렇게 됐던 건지는 잘 모르겠지만.

어쨌든 둘이는 정해진 시간마다 학생회관에서 집에서부터 싸 들고 온 도시락을 같이 까먹고, 휴게실에서 담배를 한 대 피워 문 상태에서, 아! 그때는 아직 공공장소에서의 흡연이 자유로웠으니까, 드나드는 사람 구경을, 솔직하게는 파릇파릇한 후배 여학생들 감상을 하는 것을 거의 유일한 낙으로 삼고 있었더란다.

어쩐지 불쌍하고 찌질해 보인다고? 아직 군대는커녕 대학도 못

가본 주제에 섣불리 지껄이지 마라! 솔직히 그 신세가 앞으로 니들 신세가 되지 말란 법도 없는 거 아니겠냐고?

"나도 시원한 하드 하나 먹어야겠다. 너는?"

그러던 어느 날이었지. 아마 늦은 여름이었을 거야! 적어도 둘 중 한 사람에게는 일생일대의 흑역사가, 아니 그보다 더한 대참사가 발생했던 것은······.

아이스크림 바를 참으로 맛나게 빨고 있는데 어딘지 낯만은 설지 않은, 그때 당시의 흔한 유행어로 날티를 물씬 풍기는 조소과 여학생에게 순간적으로 꽂힌 모태 솔로가 당연히 약혼자의 동참을 간청했겠지? 뭐라고 시큰둥하니 대꾸를 하는 둥 마는 둥 하는 그 친구를 뒤로하고 솔로는 투명 가림막 안 매점 직원에게 아무렇지도 않게 큰소리로 외쳤단다.

"하드 하나! 그리고 패드? 패드도요!"

"예? 하드 말고 또 뭐라고요?"

"하드하고 패드라니까요! 뭐가 잘못됐나요?"

말이야 그렇게 했어도 아직 솜털이 보송보송한 임시직 매점 여자를 따라서 얼굴이 덩달아 빨개지면서 모태 솔로는 일이 크게 잘못되어 가고 있음을 직감했겠지? 왜냐니? 야, 이 녀석아! 설마하니 이렇게 멋들어지게 생겨 먹은 패드가 그 구리구리한 아날로그식 20세기에도 있었겠냐?

여기서 패드는 서로 대놓고 입에 올리기에 다소 민망한 여성 위생용품을 흔히 돌려서 일컫는 말이잖냐? 아, 진짜로 몰랐었다고?

그리고 만약에 요즘 같았다면 성희롱으로 걸리고도 남았다고? 딴은 그럴 수 있을 것도 같기는 한데……, 그때까지 그 친구는 진짜 생각지도 못했었다니까! 그 패드가 그 패드인지를. 병역의 의무까지 무사히 마친 예비역 병장 놈이 엄청 순진? 그냥 멍청했던 거지.

"저 자식이? 멀쩡한 유부남 주제에……!"

열이 잔뜩 오른 시뻘건 얼굴로 뒤돌아서서 친구를 노려보았지만, 이 사건의 원흉은 뻔뻔스러운 낯짝으로 마치 무슨 일이라도 있었냐는 듯이 어깨를 들썩였다던가? 아니면, 그럴 줄 알았다는 듯이 어깨가 들썩일 만큼 키득키득 낄낄거리며 더 화를 돋우었다든가? 아무튼, 그 뒷이야기는 확실치 않다.

또한, 범행의 동기도 일찌감치 매인 몸 신세였을 유부남 친구의 못 먹는 감 찔러나 보자는 억하심정 때문이었다. 아니다! 하필 그때 뒤늦게 떠오른, 학교 앞 자취방에서 이제나저제나 기다리고 있을 약혼녀의 시대를 많이 앞서간 엄중한 심부름 탓이었다. 등등으로 오늘날까지도 자못 이견이 분분하다.

아, 이놈들아 하나씩만 물어봐라! 정신이 하나도 없다.

일단, 어떻게 남이 겪었던 일을 지금까지도 그렇게 자세히 기억하고 있냐고? 그러니까, 그 거짓말이 도대체 누구의 이야기냐고? 또, 진짜로 거짓말이 아니라면 그 뒤는 어떻게 됐느냐고? 정말 궁금하기로는 이것저것 중구난방인 모양이지만 대답은 결국 한 가지로 모아질 것도 같긴 한데……

먼저, 사실상 기혼자였던 친구는 운빨인지 돈빨인지 졸업 직후에 모 사립여고에 단박에 취직이 되었다. 30년이 훨씬 넘어서까지 아무런 스캔들 하나 없이 지금은 교장까지 잘해 먹고 계신단다. 아! 김이 다 빠진 결혼식은 교단에 서자마자 애부터 낳고, 그것도 둘째까지 다 나온 뒤에 특유의 근엄한 표정으로 사기를 치고 있던 여제자들의 피눈물 앞에서 뻔뻔하게 올리셨지만 말이다.

한편, 우리의 비극적 주인공은 그 매점 여직원에게 며칠씩이나 사과를 거듭하다가, 다른 건 자세하게 잘 모르겠고, 그만 눈만 맞아서 아슬아슬 절친보다 한발 앞서 덜컥 애부터 낳게 되었지. 하지만 실업계 학교만 마친 여자가 많이 어린데다가 얼굴이 반반해서 그렇게 된 건 아니란다!

참말로 착한 데다가 제 눈에는 그게 또 이뻐 보여서 학벌이고 직업이고 따질 것도 없이 마음에 쏙 들었거든. 그 친구하고는 달리 가까스로 우리 지역 최고 명문 사학재단의 국어 선생님이 된 건 한참 뒤겠지? 그러기까지 그 어린 데다가 편모슬하 처지였던 여자와 고생, 고생, 아주 생고생을 했지만서두…….

도저히 옛날 막장에 청승 드라마 같아서 못 믿겠다고? 어디 확실한 증거라도 있냐고? 물론 증거야 지금 여기 있을 리가 없지! 내가 아까 교육청에 갔다고 하지 않았냐? 그 증거가!

그렇게 착하고 예뻤던 여직원이 결혼도 남편 취직도 하기 전에 낳은 똑같이 생긴 딸이 어느새 다 커서 시집갈 나이가 지나고, 그리고 막 출장도 다니고……. 듣고 보니까 참 신기하지? 나도 그래 인마! 생각하면 할수록…….

대신에, 내일 돌아오시면 다 늙고 주책맞은 최종남 선생님 때문에 우리 3학년의 유일한 여신이면서 최고 스타, 바로 최고미 쌤의 숨겨왔던 출생의 비밀이 탈탈 털렸다고는 말 안 하기다.

그리고 요즘은 노인네가 미쳤었다는 소리 듣기에 딱이니까 절대 이 이야기는 질질 교실 밖으로까지 끌고 나가지도 않기다. 알았냐? 왠지 이 답답하고 장차 불쌍하기까지 할 것만 같은 사내놈들아!

어? 주인 얘기를 하도 많이 해서 그런지 희한하게도 알아서 화사한 프사 화면부터 뜬다.

그럼, 닥치고 다시들 오늘 감상 작품에 최대한 집중하도록!

아마 내가 깜빡 고백을 해도

오늘은 대체로 순백의 풍성한 블라우스군요!

뭐, 자세하게 부르는 스타일이나 옷감의 종류 같은 게, 심지어는 값이 제법 나가고, 아니면 웬만큼만 하고 한 증거인 상표 딱지까지도 분명 어딘가에 붙어 있기는 하겠지만 제 눈에는 다 소용없습니다. 지금처럼 그녀에게 더할 나위 없이 딱 어울려 보이기만 하면 되니까요.

솔직하게는 저 실루엣의 의상뿐만이 아니라, 어떠한 옷을 입어도 그녀가 잘 어울린다고 보아야 옳겠지요? 어제도 그제도 그끄저께도 확실히 그랬었고, 틀림없이 내일도 모레도 글피도 그럴 테니까요. 하지만 오늘은 그 정도가 보통 심각한 게 아닙니다. 마치 흰 날개 옷을 다시 찾아 입은 선녀? ……는, 아직 미혼일 테니까 좀 그렇고, 뭐라고 표현해야 잘했다고 소문이 날까요?

나뷔야! 나뷔야! 인니 날아오노라!
오랑나뷔, 힝나뷔 충을 추며 오노라!

이렇듯 빈약한 상상력과 감수성으로 뇌쇄적인 그녀를 바라보는 게 부끄러울 만도 하지만 별수 없습니다. 틈만 났다 하면 콧소리를 섞어 넣어서 흥얼거리는 이 노래 하나만으로도 온 국민의 귀여움을 독차지했던 배우 송일국 씨네 대한민국만세! 우리 세쌍둥이들. 이 아이들 같은 순수함만 저부터가 잃지 않는다면야 일단은 어떻게 될 테니까요!

아! 그러고 보니 정말 한 마리의 나비와도 같습니다. 그것도 오늘은 흰나비?

옛날 구닥다리 아재 꼰대 개그 식 찬미로는 앞으로도 뒤로도 우리 사무실의 영원한 한 떨기 청초한 꽃이어야 할 저 금나희씨가요? 원래 본인 이름과 어슷비슷하게 늘 노랑나비이거나 호랑나비이거나 하질 않고……, 느닷없이 고 김정호 가수의 우우~ 하얀 나비라니요?

하지만 제 눈엔 맞습니다! 오늘은 한결 시린 눈으로 보아도 가히 순결한 하얀 나비가 분명합니다. 그리고, 바로 지금 사뿐사뿐? 그렇습니다! 그 나비가 하늘하늘 내게로 날아오고 있질 뭡니까?

이거! 정반대로 내 가슴은 두근반세근반, 모두 합쳐서 여섯 근……? 굳이 미터법으로는 근 당 육 백씩 쳐서 3킬로 하고도 600 그램이나 나가도록 무거워지면 참으로 다채롭게 큰일일 텐데요. 정말 뭣도 모르고 저 넓은 바다를 향해 먹을 것이 즐비한 푸른 배추밭인 줄 알고 겁도 없이 내려가기라도 하면 어쩔 겁니까? 물론, 원래 어떤 유명한 시에서처럼 비슷도 안 하게 그려본 기우에 불과하지만요.

"지금 뭐하고 계세요? 저희 인제 점심 먹으러 나가야 하질 않나요? 벌써 열두 시가 지났는걸요!"

"아니! 벌써? 정말 시간 가는 줄 몰랐네요? 하마터면 밤을 잊기 전에 밥부터 잊은 그대가 될 뻔했네요!"

"푸훗! 참 재밌으셔……!"

"그런데, 오늘 아래 메뉴가 아주 좋던데요."

당황스러운 마음을 애써 감추기 위한 제 이루 썰렁하지도 못한 농담에 보여준 예의상일 뿐인 반응도 참 좋습니다. 70년대 화끈하게 등장했던 산울림의 노래까지는 바라지도 않지만, 밤을 잊은 그대에게라는 아주 오래전 AM 심야 방송 역시 잘 모를 나이일 텐데도 말이지요.

아하! 지금도 동명의 FM 프로그램이 있긴 하다고요? 저는 저 1980년 싸늘하게 낙엽 지던 11월의 마지막 밤에 강제 통폐합된 어떤 방송국의 인기 아나운서 황인용 씨가 진행하던 것을 염두에 두고 한 말이었는데…….

그러니 완벽하게 어긋났다고까지 할 건 없겠죠? 시류에 뒤처진 제 농담보다는 배려심 짱인 금나희 씨의 비단결 너울거리는 풍성한 마음씨가요. 어디 그뿐이겠습니까? 자칫하면, 오늘도 저 혼자서만 뒤늦은 쫄레쫄레 신세였을지도 모르는 이 건물 지하 구내식당행의 유일한 동반자가 되어주기도 하는걸요.

아닌 게 아니라 여성이 대부분인 우리 다른 계약직들은 코빼기도 보이질 않는 걸 보니 미리 눈치라도 채고 벌써 어디 딴 데로 샜는가 봅니다. 참으로 고맙기도 한량없게⋯⋯, 아, 아니지요! 그네들 말마따나 레알 쌔쌩유하게요?

"왜? 많이 드시지, 그러세요?"

"벌써 많이 먹었는걸요! 배가 불러서 더 못 먹겠어요."

글쎄들, 이런다? 심지어는, 상투적인 무리수까지도?

"저런! 누가 밥알을 세고 있누? 그래도 한술 떠는 봐야지!"

"아, 됐어요! 그러길래 밥 생각 없다고 했잖아요?"

마침 앞에서 옛날 라디오 얘기가 나왔으니 여기서 겸사겸사 꺼내 봐도 무방할 듯싶습니다아! 그때 텔레비전의 인기 드라마들은 하나같이 어땠었게요? 무슨 고민과 아픔이 그렇게나 많고 깊은지 비련의 여주인공들이 왜 죄다 식욕부진을 뛰어넘어 거식증에라도 걸린 듯 깨작깨작 그나마 젓가락질도 하는 둥 마는 둥이었을까요? 게 중에는 현재 모종의 먹방에서 맹활약 중인 분들도 있는 것으로 알고 있는데도 말입니다.

절대로 우리 금나희 직원은 그럴 여자가 아닙니다. 유독 남자 앞에서만 어쭙잖게 어울리지도 않는 메소드 연기를 흉내 내려던 사람들이 일부 있었다는 말을 옛날 여인 천하 문리대 친구에게서 전해 듣기도 했었던 것 같은데⋯⋯. 실은 막 기억이 가물가물해지려고 하네요. 워낙 제 맞은편 오늘의 여주인공께서 아무런 말도 없이 오로지 섭생에만 열중하고 계시기 때문이겠지요?

얼큰 순댓국 밥!

입사 2개월 차에 아직은 임시직이지만, 틀림없는 히로인이 말 그대로 몰두하고 있는 구내식당 오늘의 점심 메뉴이십니다. 설마 다른 여성 직원들은 이 맛나고 푸짐한 것의 크신 은덕이라도 입게 되면 무슨 큰 바위 얼굴이라도 될 것 같아서 기피하고 있는 것은 아니겠지요?

아, 이쯤에서 주체할 길 없는 이 죽일 놈의 주책맞은 개그 본능은 잠시 접어야 할지 싶습니다. 그전에 깔끔하고 인스턴트하게 찹쌀 순대만 들어 있을 때는 낫뱃, 쏘쏘, 뭐 이러는 분위기인 것 같더니만……. 사실은 이렇게 싹 달라져 버리게 만든 원흉이 바로 저인 까닭입니다.

간, 허파, 창자 등의 내장을 두루 추가한 재래식 전통 장터 모둠 순댓국으로 가격 인상 불구 진심으로 업그레이드할 것! 말하자면 이 빌딩의 실제적인 후생 담당관을 상대로 누차 강력하게 주장을 펼쳐서, 종국에는 보시다시피 이렇게 관철까지 시켰거든요.

그래서 그거 다 내숭이라고 봅니다, 저는! 남들 모르는 장터가 아니라 다들 빤한 일터라서 못 먹는 척할 뿐이라는 거죠. 그에 비하면 금나희 씨는 가리는 것 하나 없이 복스럽고 탐스러운 먹성을 감추질 않고 있습니다. 너무 가리는 것이 없어 제 처지에서는 살짝 겁이 날 정도라니까요. 마치 꽃만 말고 꽃 아닌 다소 험하고 지저분한 것들에도 잘 내려앉는 노랑나비 흰나비처럼요.

이건 정말 0.01%도 안 되는 비현실적인 확률이겠지만……, 이러다가 제가 진짜로 우리 금나희 직원과 장차 그 부양가족까지 먹여 살리기라도 하게 되면 어쩌나 하는 현실적인 걱정이 떠나질 않고 있다니까요. 바로 지금도!

오히려 뜨겁게 달아오르는 1층 카페에서의 아이스 아메리카노와 도무지 알 수 없는 민트초코 프라페!

비록 운명적으로 그렇게 되더라도 같이 순댓국 밥을 먹어준 보이지 않는 세심한 배려를 향한 다소 투박하더라도 가시적인 보답은 당연하겠지요? 나아가 먹여 살릴 때 먹여 살리더라도……, 과연 먹여 살릴 수는 있는지 확인은 필수겠고요.

그간 나 자신이 안과 밖으로 몹시도 시달리면서 벼르고 별러오던 바로 그 순간이 아닙니까? 마치 영화 기생충 아버님의 말씀마따나 계획에 다 있었다는 듯이 말입니다.

"우리 나희 씨는 소개팅 많이 해 봤어요?"

"소개팅요? 부본부장님!"

"별로 안 해 봤구나? 눈을 그렇게 똥그랗게 뜨는 걸 보니?"

"제가 좀 그런가요? 그런데……, 어디 진짜 좋은 사람이라도 있어요?"

반응이 예상했던 것보다는 나쁘질 않습니다. 다만 그 진짜 좋은 사람에 어느 한구석이라도 해당 사항이 있어야 할 텐데요? 꼴에 괜찮은 여자 보는 눈은 달고 태어난, 어릴 적부터 천방지축에 사고뭉치, 현재는 상습 협박범인 이 못난 녀석이 말입니다.

"실은 지금 졸업하고 몇 년째 취업만 준비하고 있는……, 우리 하나밖에 없는 철부지 아들 녀석이……, 우연히 내 카톡으로 사원들하고 다 함께 찍은 사진에서……, 어떻게 우리 나희 씨를 봤는지 느낌이 아주 좋으니까 자꾸 한 번만 만나 보게 해 달라고……, 하도 못 살게 졸라대서 말이야!"

"어머! 그러셨구나? 고맙게도. 그런데 우리 부본부장님께서는 제 카카오톡 프사 말고 그 뒤에 추가 사진은 안 보신 거예요? 신랑이랑 어릴 적 우리 갓난쟁이 아들내미랑도 같이 찍은……! 저는 괜히, 아직 시집 안 간 친척 동생들이 수두룩이라서요."

이거 그간 내가 같은 사원인데도 너무 무심해서 정말 결례가 많았다며, 그런데 요즘은 직원 신상 정보가 아무한테나 공개되는 게 아니라서 피치 못하게 일이 그만 이렇게까지 되었다며, 그러니 부디 너그러우신 마음으로 마시던 차나 마저 맘 편히 들고 들어오시라며, 나는 벌이라도 서는 기분으로 이 커피를 그대로 들던 채로 들고 나가야겠다며…….

하지만, 그렇게 감쪽같이 유부녀에 아기엄마처럼 안 보이기가 어디 있냐고, 정말로 그랬었다고……. 어쩌면, 부본부장님도 그렇게까지 나이 많은 아드님이 있어 보이지를 않으신다고, 확실히 그러시다고……. 그 뻔한 인사치레를 파안대소 받아넘기고 이러다가 저러다가 끝내는 그야말로 서로 어색한 박장대소 하이 파이브였겠지요.

싱겁게 식어 버린 얼음 몇 덩이만 덩그렇게 남겨진 빈 플라스틱 잔을 들고 남은 점심시간 내내 거대한 입주 빌딩 주변을, 그래봤자 그녀의 둘레였겠지만은, 얼쩡거려야 하겠지요. 그러면서도 입가에서는 왠지 모르는 듯 알 듯도 한 야릇한 미소가 떠나질 않는 것이었습니다.

나 자신도 그 수혜를 입었다면 입었다고도 볼 수 있는 딱 한 차례의 난생처음 중매 시도? 적나라하게는 자가수분 비슷한 것이 나, 원, 참! 실패로 돌아갔는지 결과적으로 성공에 이르게 되었는지 아리송해서였을 겁니다.

  그런데, 이 와중에 어디선가 환청 마냥 새어 나오는 듯한 저 타령인지 청승인지는 다 뭐랍니까?

  나비야! 청산 가자! 범나비 너도 가자!
  가다가 저물거든 꽃에 들어 자고 가자!

메이비 라잇 오어 메이비 낫

도무지 몸과 마음이 식으려 들질 않는군요!

그러나, 다른 때도 아닌 기말고사였으니까 아마 제가 제대로는 잘 봤을 겁니다. 아, 그까짓 미적분Ⅰ 지필 점수나 3학년 1학기 합산 등급 같은 것 말고 지금 더 중요한 단 한 가지 사실 말입니다.

썰렁한 한겨울도 아니어서 다들 거추장스럽고 풍성한 방한복도 걸치지 않은 단출한 하복 차림뿐이었는데……, 명색이 감독교사인 내가 잘못 짚었다거나 하는 실수 따위를 범했을 리는 없는 거다. 여전히 이렇게 믿고 싶은 겁니다.

"수빈아! OMR 좀 안쪽으로 옮겨 놓고 풀자! 괜히 뒷사람에게는 보일지도 모르니까아……."

"그래도 저는 안 봤는데요! 증거도 없으시면서……, 선생님 억울해요!"

"……!"

순간적으로 애당초 가능하지도, 또 가당치도 않았을 배신감 같은 것이 확 밀려왔지만, 교실 안 다른 학생들을 위하여 일단은 꾹 참

았습니다. 지금 생각하니, 누구보다도 먼저 저 자신을 위해서 못 본 척 더 꾹꾹 내리눌러야 했었다는 비겁한 마음이 크게 일기도 합니다만. 그게 아니더라도 그냥 아무 말 없이 손가락질 하나로 가리키기만 했어도 될 일을 제 딴에는 자상한 배려심으로 포장하지는 않았나 하는 뒤늦은 후회마저도…….

"수현이 네가 대놓고 봤다기보다는 보일지도 모른다는 뜻이었으니까……, 일단은 다른 친구들 방해되지 않게 소리 낮추고 시험 끝나고 나서 얘기하자! 그럴 수 있겠지? 으응?"

"일단은……? 예에, 일단은요……!"

그러고 보니 졸지에 유일한 뒷사람이 된 셈인 복도 편 맨 끝자리 수현이의 반응이 예상 밖이어서 제가 당황한 나머지 수세로 전환한 감마저 없지는 않았습니다. 하지만, 맹세코 저는 이 돌발 사건 전후의 여러 상황마다 짧지만 그만큼 깊은 고민과 고심을 거듭한 끝에 최대한 신중하고 신속하게 최선의 행동으로 옮겼다고 자신합니다.

어쩌면 교실 안 모든 학생을 골고루 고려해야 할 처지였던 저만의 피치 못할 교육적 선택이었을지도 모릅니다. 누군가에게는 앞으로의 창창한 인생이 달려 있을는지도 모를 수시 필수 반영 마지막 과목의 시험이 막바지로 치닫고 있었거든요.

어쩐 일로 답안지가 보이게 한 수빈이도, 그게 어쩔 수 없이 보였을 뿐이라는 수현이도……? 아니, 결국에는 보여 달라는 격으로 애걸했던 수현이와 그래도 단연코 보여주려는 의도는 없었다는 수빈이마저도……? 모두 다 끌어안으려는 어불성설의 어설픈 시도였을 수도요.

"아까 교실에서 너희들 낌새가 왠지 심상치 않은 것을 눈치채고 선생님이 어떻게든 미리 막아보려고 그런 건데……. 그 의도를 얼른 알아차리고서 잠자코 있었으면 좀 좋아?"

"선생님! 정말 죄송합니다아……."

"제가 뭘 어떻게 했다고 그러셨어요? 얘 말대로 무슨 확실한 증거라도 있으세요? 아이, 그것보다도……, 괜히 그 난리 통에 이번 미적 완전 망쳤으면 저 앞으로 어떻게 해요?"

그까짓 이른바 컨닝페이퍼 숨겨 놓은 것 하나 없어도, 또 책상 위에 몰래 깨알같이 끄적거린 흔적이 없어도 내가 바로 증거란 말이다. 적어도 학교에서만큼은 이 전지전능하신 선생님 자신이 배우겠다는 학생인 너희들에게는 빼도 박도 못할 절대적인 증거인데 무슨 말이 더 필요하겠나? 그러니 어떠한 처벌이라도 달게 받겠다고 단단히 각오하고 어서들 솔직하게 반성문이나 써! 이 한심하고 답답한 녀석들아!

차마 저 학생 때 우리 아버지 세대 선생님들처럼은 대할 수 없었던 까닭은 정작 엉뚱한 데에 있었습니다. 조금 전 교실에서와는 정반대인 두 아이의 진학상담실 내 반응에 저는 계절과 상관없이 멍하니 얼어붙을 수밖에는 없었던 것입니다.

채 10분이 될까 말까 한 절대 길지 않은 시간 동안 수현이를 항변에서 자인으로, 반면에 수빈이는 암묵에서 원망으로 급선회하게 만든 근본적인 요인은 과연 무엇이었을까요?

제발 덕분에 어디 인서울이라도 vs. 기필코 의치수한! 아직은 한 수를?

두 녀석이 드물게 3년 내내 단짝이기는 한데, 학습 능력이라는 클래스에서는 차이가 나는 그런 사이였습니다. 마찬가지로 그 시기를 다 거치고 어느새 교사라는 자리에까지 다다른 제가 보기에 궁극적으로 우리 인생사에서 약간의 의미밖에는 없는 그 차이가!

그러나 아이들에게는 절대적인 권력으로 작용하기라도 하는지 둘의 관계는 확고하였습니다. 교무실이고 또 어디고를 출입할 때도 항시 수빈이가 앞장서고 수현이가 그 뒤를 따르는, 좀 뭣한 표현이지만 서열이 확립되어 있었으니까요. 이건 단순히 대한민국 대다수 학교의 가나다순에 따른 관행적인 학번 부여와는 아무런 상관도 없는 일일 것입니다.

그런데 방금 진학상담실을 들어올 때는 어쩐 일인지 수현이의 훤칠한 이마가 먼저 조심스레 내비치기 시작한 겁니다. 이 경황에서는 정말로 안 맞는 생뚱맞은 농담이지만……, 그래서 아이들이 부르는 별명이 '마빡이'이거든요.

반면에 수빈이는 하도 여기저기서 의대 타령을 하다 보니까 '칼잽이'가 되어버렸고요. 아! 듣기에 따라서는 섬뜩하기도 한, 이 최고의 흉부외과의를 축원하는 별명은 아이들보다는 학년 부장을 비롯한 여러 선생님들께서 붙여주었다고 해야 옳을 겁니다만.

"제가 미적이 특히 약해서 수빈이한테 고민을 많이 했었거든요!

중간고사 때도 망했는데 나는 이제 어떻게 해야 하나고요."

"수현이가 자주 그런 건 사실이지만 저도 일일이 신경 써줄 만큼 여유가 있지는 않았어요. 왜 선생님도 가까이서 다 지켜보셨잖아요? 아까 마지막 킬러 문제에 올인하느라고 정신이 하나도 없었던 거를."

수빈이가 이제야 와서 저를 뒤늦게 원망하는 이유가 더욱 분명해지려 하고 있었습니다. 자칫 미궁으로 빠질 수도 있는 교실에서의 잘잘못을 떠나서 확실히 망쳤을지도 모르는 특정 과목의 성적 하나가 온통 이 상황을 강력하게 지배하고 있는 것입니다.

거기에는 그 누구도 예외가 있을 수 없었습니다. 특히 의도치 않게, 아니 참으로 선한 의도로 사태를 여기까지 끌고 온 셈이 되어버린 저 자신도 포함해서 말입니다.

"너는 결국 그거 하나를 틀렸다는 거야? 아까 시험 다 끝날 때쯤 있었던 고작 그 일 때문에……. 지금?"

"미안해! 수빈아! 괜히 나 때문에……. 너 1등급 안 나오면 의대는 어떡해?"

"그게 무슨 재수 없는 소리야? 또, 니가 뭘 그렇게까지 잘못했다고 아까부터 자꾸 이러는 건데?"

자! 조용히! 자아! 가마안! 이제 막 끝난 시험의 채점도 당연히 벌써 완료가 되지는 않았을 거고, 따라서 중간고사하고 수행평가까지 모두 합산하여야 가능한 1학기 종합 성적도 산출이 되려면 시간이 조금은 남았을 테니까……, 일단 그때까지만 참고 우리 진득하게 기다려보자! 으응?

　하마터면, 솔직히 이렇게 제가 먼저 꼬리를 내리고 아이들을, 특히 최상위 서열, 아니 석차 수빈이를 달래 보려고 할 뻔했습니다. 사실은 내면 깊숙한 곳에서부터 우러나오는 어처구니없는 두려움에 흔들리고 있는 저 자신부터 붙들려고 했다고 하는 편이 더 솔직한 심정일 것입니다. 아무리 현재 대한민국 상위 클래스 공립 중등교사로서의 자존감에 그지는 말아야 한다고 해서, 또 다음과 같이 말할 수도 없는 노릇 아닌가요?

　가령,

　남들도 다 아는 친한 사이에 아예 모른 척할 수는 없고, 그렇다고 대놓고 모두 보여줄 수도 없었겠지? 어디까지나 기말에서도 네가 더 위여야 하니까. 그러니 수능 4점 수준의 풀이 과정형 문제 하나만 맨 뒤로 빼놓고 슬쩍 재주껏 볼 테면 봐라! 하는 마음이었겠지? 그런데 공교롭게도 그 문제가 네 실력으로도 끝까지 해결이 안 되는 그야말로 치명적인 수준의 것이었고……. 안 그래? 김수빈!

　혹은,

　그리고, 너도 그래! 김수현! 던져주는 공짜 음식이라고 허겁지겁 받아먹다가는 결국 체하고 말듯이 그만 나한테 들켜버렸지? 우선은 저도 모르게 발뺌부터 하다가 나중 수빈이의 절망과 원망이 뒤섞인 과장된 코스프레를 보아하니 이거 일이 커질지도 모르니까 비굴 쭈글 모드로 태세 전환하자! 뭐, 이런 거 아냐? 시험 종료 직전에 당연히 단답형 답안은 수빈이와 다르라고 수정테이프로 도배를 해 놓았을 테고…….

하지만, 정작 제가 저러지도 이러지도 못하는 까닭은 너무도 높고 크고 먼 곳에 있다는 생각입니다.

이번에 적발된 당사자인 수빈이, 수현이? 그리고 현장에서 그것을 지켜본 나머지 아이들? 기꺼이 항의 전화와 학교 방문을 마다하지 않을 아이들의 깨어 있는 부모님? 항시 그분들을 최대한 친절하게 맞이할 준비가 되어 있는 실천적 투명 행정의 화신인 부장, 교감, 교장 선생님? 각급 단위 학교뿐만이 아니라 시도교육청, 교육부, 청와대 누리집마다 빠짐없이 열려 있는 100% 비밀 보장의 자유게시판? 아니면, 지금 당장 이 모든 것들이 드디어 가능해진 나의 조국 선진 대한민국?

사실은, 이 모두 다 아닙니다!

겨우 얼마 전에 똑똑히 보았으면서도……, 그때 내가 목격한 사실이 과연 끝까지 맞기는 할까? 막 이런 의구심이 들기 시작하는 저 자신입니다. 왠지 자꾸 자신이 없어져 가는 저 스스로라는 말입니다. 누군가는 바로 그 사람 본인이 증거라던데 이 경우는 아무래도 통하지 않을 것만 같습니다. 제가 끝내 아이들에게는 피해자가 될 수 없기 때문이겠지요?

그래서 도저히 안 되겠습니다.

저에게 이런 정신적 피해를 안긴 미적 담당을 개인적으로 찾아가

항의 겸 하소연이라도 해야겠습니다. 매번 이런 식으로 아이들을 당혹케 하려고 엉뚱하고 기발한 지니어스 포스 넘치는 문제 하나로 자신의 입지를 다지고 있다는 저 고약한, 나의 숨 쉴 구멍 연수 쌤을 말입니다.

벌써 무슨 안 좋은 눈치라도 채고 저를 하염없이 기다리고 있을지도 모르니까요? 아니, 분명 텅 빈 3학년 교무실에서 안절부절 혼자 앉아 있지도 못할 사람입니다. 저도 그런데 얼마나 열이 오르겠습니까?

"야! 하다 하다 이제는 휴게실 자판기 너까지 이렇게 나를?"

심한 더위와 갈증에 분명 시원한 이온 음료를 연달아 두들겼습니다. 그런데 그중 뒤에 하나가 엉뚱하게도 따끈한 캔 커피로 굴러 나왔지 뭡니까! 예전 담배 자판기에서 이와 비슷한 꼴을 당했다고 하소연하던 아버지한테 괜한 농담 마시라며 말없이 웃어 주기만 했었는데요.

아마 그이도 기꺼이 웃으며 마셔는 줄지언정, 이것 역시 아무도 함께 믿어줄 사람은 없을 텐데……

어떻게 거기가 서울이 되나!

"야! 그 촌구석이 어떻게 서울이 되겠냐?"

잠자코 천혜향을 입에 문 채 외아들의 이야기를 들어주던 동춘 씨는 불쑥 이 한마디를 던지고야 말았습니다. 모처럼 자식 내외가 사 들고 온 과일 한쪽을 하마터면 함께 내뱉을 뻔했습니다. 가뜩이나 휑뎅그렁한 거실을 불현듯 텔레비전 저녁 뉴스 소리만이 계속 한가득히 채우게 되었겠지요?

제풀에 머쓱해진 씨는 어디 조용히 숨을 곳이라도 찾아서 먼 시간 여행을 떠나야 했습니다. 방금 던진 것과 똑같은, 그러나 맥락은 사뭇 다른 말을 입버릇처럼 달고 살던 아직 젊었던 시절로 말입니다. 그때는 지금과 같은 화기를 충분히 지탱할 수 있는 호기나 패기가 철철 넘치질 않았겠습니까?

"야, 신병! 아무리 그래도 그렇지, 왜 거기를 서울이라고 하나? 영등포도 아니면서……."

"역곡역에서부터 바로 국철로 다 연결이 되어 있어서……, 아, 아닙니다. 예! 이병 오진상! 즉각 시정하겠습니다! 소사는 서울이 아닙니다. 이쌍입니다."

동춘 씨가 남쪽의 향토사단에서 하사관, 고쳐 말해서 현행 부사관으로 복무 겸 근무를 시작했을 당시부터 신병을 배치받으면 습관처럼 묻는 것이 바로 고향이었습니다. 잔뜩 얼어붙어서 대부분은 시군 단위로 확실하게 끊어서 원기도 왕성하게 답하였습니다.

간혹 군기가 덜 들어서 그런지 대충 수도 서울로 뭉개려 드는 당돌한 녀석들이 골칫거리였습니다. 그들은 대개 서울의 원조 위성도시, 그러니까 부천, 성남, 안양 같은 이른바 수도권 출신이었습니다. 일부는 오히려 서울 토박이들보다 더 서울 사람인 척한다고 해야 할까요?

맺고 끊는 것이 확실해야 할 투철한 군인정신의 동춘 씨에게는 썩 마땅찮은 일이었습니다. 그 비슷한 예로 장교도 부사관도 아니라서 애매하기만 한 미래의 준위 계급장에 남들처럼 눈독을 들일 생각조차 없었거든요. 그런 그가 즉석에서 제기하는 날카로운 의문과 이어지는 더 날카로운 눈초리에 일단은 주눅이 들어서 즉각 시정 어쩌고 하지만, 어찌 그렇게 믿어왔던 마음마저 고쳐먹을 수 있었겠습니까?

고쳐먹기는커녕 그런 녀석들이 동춘 씨의 짬밥, 그러니까 군경력이 저 준사관 급에 근접해 갈수록 늘어나기 시작했다고 해야 할 겁니다. 그리고 그것을 대를 이어서 그렇게 우겨대는 녀석들만의 잘못도 아니라고 보아야 옳을 겁니다. 그간 어느새 서울을 둘러싸고 더 많은 사람들이 몰려들었고, 따라서 더 많은 신도시들이 생겨났을 테니까요. 한마디로 이 대한민국에서 서울이 여러 가지 의미에서 훨씬 크고 넓어진 것이겠지요?

이른바 1기 신도시의 본격적인 출범?!

그냥 저 부천, 성남, 안양 정도가 아니라 참으로 자상하게도 중동, 분당, 평촌. 거기에다가 아직도 많이 낯선 군포나 고양보다도 더 낯선 산본과 일산. 행보관 개칭 이전 유서도 깊은 인사계 동춘 씨의 귀에는 도무지 착착 감기지 않는 지명들이었습니다. 속도 오죽 거북한 게 아니었고요.

이렇듯 수도 서울의 경계가 갈수록 모호해지는 작금의 사태를 당하여 스무 성상 백절불굴의 신조는 병사들 뒷담화처럼 똥이나 싸게 화장실에만 앉아 있을 뿐 그야말로 속수무책이었다고나 해야 할까요? 저 패러디 드라마 푸른 거탑이 따로 없을 정도였다니까요.

"아, 여보세요옹? 그 수재 학생이라면……, 시골 고향 집에 다녀온다고 오늘 아침 일찍 내려갔는데요옹."

여기서 잠시, 동춘 씨가 입대 전 더 소싯적에 서울에 무슨 긴급한 집안의 심부름인가가 있어 올라갔을 때 이야깁니다. 그럭저럭 볼일을 다 마치고 문득 서울대에 다니던 자랑스러운 동창 겸 친구가 생각나 입주 과외를 한다는 동네 근처에서 전화를 걸었다가 그만 허탕을 치게 되었지요. 학업이다 생업이다 해서 하도 바쁜 나머지 고향에 내려올 틈이 없다는 죽마고우였습니다.

그런 그를 대처 땅 객지에서 만나 보는 것도 나름 우정과 운치가 배가되겠다 부푼 기대가 일순 허망하게 무너져내려 산산이 흩어져 버려서였을까요? 물론 그 부분도 가볍지는 않게 젊은 동춘 군의 순정한 마음을 헤집어 놓았을 것입니다.

……마는, 바로 시골이라는 표현으로 대표되는 그 부잣집 식모인 듯한 여자의 얼토당토않은 말본새에 요즘 말로 빈정이 확 상해버렸던 것이었습니다. 언뜻 억양을 보아하니 자기도 서울 토박이말을 그저 수박 겉핥기 격으로 흉내나 내는 어디 먼 시골뜨기 수준에 불과하면서 말입니다.

"야, 꼬마야! 대전이 시골이냐?"

"예? 아저씨! 근데……, 대전이란 게 다 뭔데요?"

한껏 벌겋게 달아오른 낯빛으로 학교 앞 문방구 빠알간 공중전화기 통을 떠나려는 동춘 씨를 붙드는 야무진 동심 하나가 마침 있었습니다. 아까부터 당대 최첨단 기술의 전자 오락기와 일대 결전에 몰두하면서도 간혹 다소 한심하고 어이가 없다는 표정으로 빤히 자기 속을 올려다보는 듯한 그 아이가 밉살스럽기도 하였습니다.

그러니까 괜한 분풀이로 던진 순간적 도발과 그에 대한 예상외의 즉각적인 응수였던 셈이지요. 결과적으로는 눈을 뜨고 있어도 진짜로 코를 베어 갈지도 모른다는 서울 인심의 매캐함을 단박에 각인시켜준 소소한 해프닝이라고나 해 둘까요?

하지만, 내 사랑해 마지않는 고향이 그저 시골도 아니고……, 하다 하다 그런 게 다 뭐냐니요?

"원래 서울 사람들은……, 아니 서울에서 살다 보면 서울밖에는 몰라! 여북하면 같은 영등포에서도 한강 다리 건너서 서울 다녀온다고들 하는데 뭘?"

"그러니까 너는 지금……, 우리가 유성이나 신탄진 같은 데에서 노인네들이 시내버스에 올라타면서 서로 대전에 일 보러 나가시느냐고 인사하는 거랑 같다는 말이잖아? 아무리 그래도 그렇지만 그건……?"

얼마간 뒤에 조금 더 서울 사람이 되어버린 오랜 친구를 직접 만나 술잔을 기울이며 안줏거리로 꺼낸 이야기에 대한 맞장구가 도무지 시원찮고 자꾸만 어긋나서 혼잣말 모양 눙쳐야만 했습니다. 자기들 사는 서울 밖은 전혀 무신경이라는 냉랭한 현실과 엄연히 행정구역 밖이면서도 내심 한동네로 여기며 살아가는 고향의 따스운 인정이 어찌 같을 수가 있겠습니까?

그럴뿐더러, 그렇다고 작은 동리도, 더더군다나 시골도 아닌 도청 소재지이자 교통의 요지인 내 고향 한밭을 어찌 모를 수 있겠느냐는 반감이 사그라드는 것도 아니었습니다. 다섯 손가락 안으로 접히네, 마네! 조만간 백만 시대를 돌파하네, 마네! 하는 그래도 나라 안 대도시를 그렇게 마구 대접할 수는 없는 노릇이다!

뭐, 이런 동춘 씨의 굳은 신념이 추후 애꿎은 신병들을 상대로 한 신상털이에 인구센서스로까지 비화했다면 다소 난센스일까요?

1993 대전 세계 박람회의 성공적인 개최와 상전벽해에 경천동지할 둔산 신도시의 대대적인 개발!

그랬었던 동춘 씨가 병사들에게, 정확하게는 수도권 출신 신병들에게 한껏 너그러워진 이유는 정작 따로 있었습니다. 씨의 고향이 그깟 2기 3기……, 군대식 기수처럼 고만고만한 이후의 신도시들

따위는 눈에 들어차지도 않게 역사적으로 공학적으로 천지개벽을 해버린 것이었지요. 심지어는 이러다가 그놈의 서울조차 별반 부럽지 않게 되겠다는 뿌듯함마저도 그득그득하였습니다.

그래! 뭣도 모르는 철딱서니 너희 놈들은 깜냥껏 그나마 거기도 서울이라고 우길 테면 우겨 봐라! 하지만, 이 몸이 나고 자란 내 고향 한밭은 진짜로……, 아니 우리 동네 둔산은 참말로……, 서울뿐만이 아니라 외국의 이름난 대도시 아무 데나 갖다 대어도 일절 꿇릴 것이 없는 곳일 테니까! 오죽하면 여기저기 타지 사람들까지 시샘 어린 표정을 감추지 못하면서 강남이 따로 없다고들 한다지 않느냐?

왜 그렇지 않겠습니까? 당당히 인구 150만을 넘어선 확고한 5대 도시! 중부권 최고 거점의 지자체 대전광역시의 현재와 미래, 그리고 거의 모든 것이 이곳 한복판에 모여 있는데요.

채 백 년도 되지 않는 근대 대전의 역사 동안 좁아터진 구도심에 옹기종기 닥지닥지 엉키게 되었던 각종 관공서와 상업 시설, 편의 시설, 교육 시설, 또 무슨 무슨 시설들이 마치 참기름 양철 깔때기의 매끄러운 경사면을 타기라도 한 듯, 정말 거짓말 하나 안 보태고서……, 눈 껌벅할 사이에 몰려들게들 되었지 뭡니까?

더욱이 낡고 오래된 주택가를 열풍처럼 덮친 둔산으로의 엑소더스!

대략 20만 이상의 시민이 신도시의 크고 작은 새 아파트 단지 내에 새로운 삶의 터전을 잡았다니까 경제적 지위나 교육적 수준 따위를 고려할 때 웬만큼 들어올 사람은 둔산으로 다 들어온 셈일 겁니다. 그리고 그 들어온 사람들 가운데에 빼도 박도 못할 한밭 토박이! 이 표현이 너무 밍밍하다면 천애의 대전 성애자? 우리 동춘 씨도 요행히 들어 있는 것이었습니다.

지금 여기서 한가로이 한 개인의 복잡다단한 가정사나 들먹이자는 것이 아니니까, 당시도 가세가 그리 넉넉지 않았을 동춘 씨의 우여곡절 좌충우돌 둔산 입성기는 피치 못하게 생략하여야겠습니다. 다만, 개발 이전 둔산 지역의 한 부대에서 성실히 근무 중이었던 군경력이 일정한 영향을 미쳤으리라고 조심스레 추측은 해 볼 수 있을 것 같습니다.

그리고, 이후에 인근 지역의 대규모 군 기지에서 부사관 최고 정년까지 마칠 수 있었던 것 역시 고향 대전이 씨에게 베풀어준 정말 마지막 행운이었지 않나 싶습니다. 이 마지막에 정말이라는 수식어를 붙여야 하는 까닭은 동춘 씨 말년의 두 빨대 때문 아니면 달리 무엇이겠습니까?

아! 보기에 따라서는 하나일 수도 있겠네요. 바로 대전 윗동네 세종시와 현재 그 세종에 거주하고 있는 아들이 그것들이니까요. 다들 무슨 말인지는 아시겠지요? 당장 우리 동네일에 내 코가 석 잔데 무슨 소리냐구요?

제2 정부종합청사가 둔산에서도 노른자위 땅 위에 들어서고 하면서 대놓고 말들은 않았지만, 내심 대전이 실질적인 행정수도의 역할을 떠맡는 것으로 여기는 주민들이 많았더랍니다. 하지만, 웬걸! 아닌 밤중에 날벼락이라고 행정복합도시, 줄여서 행복 도시, 나아가

세종, 아니, 세종특별자치시가 서면서 이거 애먼 대전에다가 빨대를 단단히 꽂게 생겨버렸던 것입니다.

아닌 게 아니라, 지금도 재빨리 전세나마 진작에 세종에 터를 잡은 아들 녀석이 혈혈단신 늙은 홀아버지께서도 하루속히 저희와 살림을 합치시는 게 신상적으로나 금전적으로나 유리하실 거라고 마구 빨대 질이지 뭡니까?

하루걸러 제발 의사당아 내려와라! 청와대여 부디 내려오시라! 맨입으로만 고사를 들이기에 방송의 공정성 같은 것은 안중에도 없는 지역 네트워크의 뉴스를 크게 틀어 놓고서는 말입니다. 그래서 보다 보다 못해 허공에다가 던진 말이 다시 그 말이었던 겁니다.

"아무리 그래도 그렇지……, 어떻게 거기가 서울이 되나!"

고마하자! 마이 뭇따 아이가?

그러자! 당신이 정 그 부분을 그렇게나 궁금해하는 것 같으니까 내가 간단히 말해 주겠다. 사실 그렇게 어려운 문제도 아니다.

동트기가 무섭게 새벽같이 날아올라 하루에 대략 열 마리 정도의 벌레를 사냥하는 참새가 있다고 치자. 아, 부지런히 집으로 물고 돌아오느라고 게 중에 한두 마리는 도중에 더 크고 강한 상위 포식자에게 빼앗겨야 하는 게 어쩔 도리 없는 기정사실이다. 그런데 천운인지 보상인지 언제부턴가 저절로 둥지를 향해 기어들어 올 먹잇감이 세찬 비바람에도 개의치 않고 오롯이 한 대여섯쯤은 되는 천혜의 서식지 환경이다.

자! 여기서 당신은 어떻게 하겠는가? 아, 여전히 사냥도 나가면서 덤으로 들어오는 벌레까지 챙길 수 있다면 오죽이나 좋으련만……, 이 동물의 왕국에서, 그리고 일개 참새에 불과한 나에게 어디 그런 게 흔하고 쉽겠는가? 반드시 주어진 기간 안에 양자택일하여야만 한다. 이 경우, 아마 모든 새들이 예외 없이 자신의 개체적 성향과 처해 있는 여건에 따라 당장은 전자든 후자든 취하게 될 것이다.

나라면 단연코 낡은 보금자리에 깊숙이 들어앉아 한갓지게 여생을 마치겠다. 그렇다고 나와는 다른 선택을 할 수밖에 없었던 나머지 새들을 그리 가혹하게 비난할 생각은 아직 없다. 이것이 내가 법적으로 정년을 몇 년인가 남겨두고서도 그만두고자 하는, 그러니까 이번에 명예퇴직을 신청하는 변이다. 정확하게는 벌레로 상징되는 먹고사는 차원에만 국한되겠지만.

"그럼……, 부원장님은 앞으로 집에서 여유를 가지고 쉬시게 되면 무슨 일을 꼭 해 보고 싶으세요?"

그런데 나는, 나아가서 우리 인간은 참새가 아니다. 극단적으로, 입에 올리기에도 남사스러운 새대가리는 적어도 아니어야 한다. 그러니 어느 정도 경제적인 문제가 해명되었어도 그렇게나 궁금한 게 많아지는 모양이다. 사실 내 일터의 자세한 내막을 잘 모르는 바깥세상의 사람들이 더 많이 그러는 게 의외로 엉뚱하기도, 생각하기에 따라서는 엉뚱하지 않기도 하지만 말이다.

"물으신 대로 집에서 여유 있게 푹 쉬어보고 싶어서 그러는 겁니다."

차마 내 입으로 우문현답이라고까지는 말 못 하겠지만……, 그 엉뚱함에 또 다른 엉뚱함으로 응수한 것은 맞는다. 그간 기계까지는 아니더라도 짐승처럼 일만 하다 이제 마침내 나른한 오후의 커피 향같이 알싸한 휴식을 선택한 처지 아니겠는가?

이거는 그런 나에게 마치 은퇴 후 또 다른 일거리를 찾아 나서야만 된다는 강박감이라도 심어주려는 듯하였다. 따라서 그들의 이런

가상한 노력은 허사로 돌아가야 마땅했다. 비록 단순히 생계 수단이 아닌 노후의 쏠쏠한 소일거리를 의미했다손 치더라도.

문득 엉뚱하게도 십수 년 전 현대 성인병의 꽃, 바로 완벽한 당뇨 판정을 받고 동네 내과 주치의에게 그러면 이제부터 내가 어떤 영양식을 먹어야 살 수 있겠냐고 애절하게 물은 기억이 난다. 묘한 표정으로 한동안 나를 물끄러미 바라보던 그가 당장은 죽지도 않을뿐더러 본질적으로 너무 많이 먹어서 생긴 병이라고 대꾸하던 흑역사도 더불어 떠오른다.

아, 이런! 어쩌다 보니까 그만 영 내키지 않는 평소 그 표현까지 사용하고야 말았다. 방금 거론한 흑역사는 말고……, 그간 듣기에도 생각하기에도 싫었던 게 바로 소일거리라는 소리 아니었던가? 그 흔한 오지라퍼 지인들의 친절한 우려처럼 장차 찾아올 무료함과 적적함을 해소해 줄 방편으로서가 아니다.

지금까지 당장 일터에서 내가 취하고 있었던 스탠스가 그것과 별반 다르지 않게 평가되지는 않았나 하는 제 발 저림 때문이다.

"업무 시간 중에 개인적인 취미 활동이나 애완동물, 아이들과 관련한 사적인 정보를 올리시는 건 되도록 자제해 주시고요. 아울러, 연금이나 명퇴 수당같이 민감한 이야기는 엄연히 관리자인 제 입장에서 듣기에도……."

내 또래 아직 마음은 청춘들처럼 커플 여행도 등산도 즐기지 못하고, 도저히 개나 고양이가 몸소 낳은 자식새끼 같아 보이지는 않으며, 그나마 늦장가에 손자 손녀를 품에 안아볼 날마저 까마득한 나는 아니라고 생각할 수도 있었다. 하지만 관리공단 홈페이지에서 예상 퇴직연금 조회가 가능한 유리한 시점과 고지에 어느새 앉아 있게 되질 않았던가?

그러면서도 다른 이들은 잘 모르겠으나 나만큼은 절대 아니라고 양심상 체면상 고집할 두둑한 배짱이 나에게는 없었다.

요즘 젊은 사람들 처지는 널리 2세 계획을 비롯하여 다른 것들도 다 어슷비슷할 것이다. 특히나 불투명한 미래를 위해 잡히지도 않는 돈다발을 헤아릴 여유조차 없는 그들에게는 배 나온 내가 하루하루의 일과를 흘려보내고 있다고 비치게 되었을 게 아마도 확연하다.

세상이 어디 나 젊었을 때 모양 연륜이나 경험을 들먹여가며 대충 뭉갤 수 있게 생겨 먹었는가? 직관보다 매뉴얼에 관행보다 리노베이션에, 실질적으로 미팅보다 스크럼에 특화된 시각에서는 우리 꼰대들이 그 누구를 막론하고 잉여인 게 맞을 것이다.

"여보, 애들 아빠! 당신도 어쩔 수 없는 꼰대에 찐 아버진가 봐아아? 결국에는 그 아쉬운 소리를 참지 못한 것을 보니……."

말은 그렇게 하면서도 만면에 피어오르는 웃음을 감추지 못한 애들 엄마에 힘입어 마지막 용기를 내어 할 말은 해야 하겠다. 내가 언제 젊은 사람들에게 이러니저러니 구구절절 잔소리를 늘어놓은 적이 있었던가? 만에 하나 혈중농도에 기대어, 혹은 술자리 분위기에 취해서 추호라도 그런 적은 없었다고 굳게 믿고 있는데……, 또 모르겠다.

하지만, 정황상 직장 생활의 요체인 가시적인 실무에서 팽팽 돌아가는 그들에게 내심 주눅 들어 있으면서 그랬을 리는 없을 것이다. 매사 사람이 주인이어야 한다는 공허한 옛 추억이 비집고 들어설 틈을 잃은 ICT와 PC에서 요행히 나의 현재 좌표가 어디인지 실감을 넘어 절감하고 있은 지 오래인데 절대 그럴 리는 없는 것이다.

비근한 예로, 진작부터 저 PC가 나 혼자서만이라도 겨우 따라붙은 그 PC보다 전혀 새로운 PC를 더 무겁게 의미하게 되었다는 사실도 깜빡깜빡 놓치질 않는가? 그래서 다시, 하고 싶었던 말이 바로 그것이다. 실력도 합리성도 다 좋은데 제발 가끔은 솔직하게 자신의 패를 드러내어도 좋지 않겠느냐는 것이다.

마냥 어려워서 그러는지, 아예 헛수고라고 여겨서 그러는지 우리 꼰대들에게 대놓고 말하는 친구들이 썩 드물어졌다는 느낌이다. 세상모르고 천방지축 날뛰던 나 철부지 때처럼 공평하게 면전에서 들이받아도 섭섭하지 않을 것 같은 심정이라면 과연 믿어는 줄는지? 업무적으로는 말 그대로 쿨하기만 할 때 각종 SNS에서는 과연 어떤 은밀스러운 뒷담화일까? 이런 것들이 다 부끄럽고 두려운 게 사실이다.

"야! 저 많고 많은 불빛 중에 왜 우리 아버지 거는, 아니 내 거는 하나도 없는 거냐?"

내가 한때 신봉해 마지않던 평등을 대체한 듯한 공정도 마찬가지다. 하기는 내 자식 얼굴에, 아니 그 자식의 애비인 내 얼굴에 침을 뱉는 격이겠지만 말이다. 허겁지겁 저녁을 때우며 서울 노량진에서 바라본 한강 양안 원근의 야경에 잠시 취하여 큰아이의 친구가, 사실은 우리 애 스스로가 내뱉은 탄식이었다고 한다. 어쩌면 고르게 우리 큰애 또래들의 합일된 백일몽으로나 이해하여야 할까 보다만은.

그리하여, 허망한 불빛이 아닌 아득한 별을 붙잡기 위한 순례자의 고행 등을 둘러싸고 말들이 많을 수밖에는 없을 것이다. 당연한 일이고 충분히 납득할 수도 있다. 분명 자신만의 재주와 노력으로 당당히 이뤄낸 성취는 마땅히 평가받아야 한다. 그러려면 취업 말고 다른 것들에서도……, 가령 결혼이나 주거에서도 부모의 야윈 손길을 과감하게 뿌리쳐야만 하지 않을까? 똑같이 어려운, 아니 나보다 더 어려운 친구들과의 공정한 사회적 경쟁을 믿는다면은.

워낙 그 경쟁들이 치열하다 보니 자신들도 어쩔 수 없이 택하게 된 방편이란 것을 모르지 않는다. 그러다 보니 자조적으로 소위 수저론도 출현하게 된 것이겠지? 그렇다고 해서 케케묵은 계급론으로까지의 진화 아닌 비화는 아무래도 아닌 것 같다.

우리 젊은 친구들이 출신 대학에 따라 암묵적인 서열을 서로 용인하고, 고용상의 정규직과 비정규직을 인간적인 품질로까지 규정지으려 한다는 의심을 꼰대인 나는 그간 지우기 어려웠다. 이 천생 아재적인 고루함과 지루함을 아울러 줄이자면, 공정과 평등의 길이 다를 수 없고, 그 길을 우리 인간이 주체가 되어 걸어가야 한다는 사실은 변함이 없어야 한다.

내가 이 일터에서 물러난 뒤에도 언제까지나…….

어쩌다 보니 너무 내 심사가 무겁고 어두워진 것 같은데 실은 그 정반대이다. 왜냐고? 바야흐로 앞에서 다소 불편하게 거론한 것과 같은 일들과 아무런 상관도 없는 생활로 접어들 태세 완료인데 홀가분하지 않을 이유가 또 무언가?

전통의 안빈낙도, 한거독락, 물아일체, 무위자연, 유유자적, 무소불위……!

그리고 서양식으로는 무목적의 목적성? 모르긴 몰라도 내 사자성어 실력이 부실하고 빈약해서 그렇지 얼마든지 표현할 문자들도, 그렇게 살다 간 인물들도 많을 것이다.

다만, '아무것도 하지 않으면서'와 '아무거나 하면서'가 신기하게도 같은 뜻이 되는 초유의 사태가 나를 기다리고 있음은 너무나 잘 알고 있다. 우선 나는 단 1분 1초도 틀림이 없는 내 스마트폰 홈화면 속의 기상 알람을 영원히 해제할 것이다. 그러면서도 그것보다 간혹 더 느긋하게 일어나거나 더 자주 서둘러서 깨어나거나 따위를 고민하지 않을 것이다.

평일 이른 오전의 대형 마트행을 여전히 완강하게 거부하다가도 아내의 과소비에 잔소리를 더하기 위해서, 혹은 장바구니의 무게를 함께 나누어지기 위해서 기꺼이 동행할 것이다. 마트 출입구에 깨알같이 들어차 있는 문화센터 강좌 안내를 못 본 척 무시하면서 말이다. 그러다가 드물게 그 옛날의 십자수 강좌가 아직도 살아 있다면 간단히 호기심만을 표하든지, 아무 생각 없이 등록 신청을 하든지 마음 가는 대로 행동에 옮길 것이다.

그렇다고 약간의 수강료가 아까워 허울뿐인 출석에 크게 연연하지도 않을 것이다. 연연하지도 않겠지만 청일점 회원에게 특별히 기울이는 젊고 아름다운 강사의 관심도 애써 멀리하지는 않을 것이다. 그것이 관심에 그치든 관계로까지 진전되든……. 그리고 이런 덧없는 상상을 계속 키워가든, 아내에게 죄스러워 다른 소일거리를 찾든 말든 나는 결과적으로 괜찮을 것이다.

"아빠! 나 꼭 그래야만 해? 자기가 무슨 가시고기라고? 그리고 거기서 나도 아빠 같은 물고기가 될 수는 있는 거야?"

여기서 마지막으로 짧게, 내가 떠난 일터를 가끔은 걱정해 주겠다고 약속할 수 있다. 팬데믹의 시국을 탓하며 성대한 환송연도, 진심 어린 아쉬움의 눈물도 베풀어주지는 않겠지만. 그건 엄밀히 누군가 떠났을 때마다 못내 애석한 표정으로 흔들어주던 손을 채 멈추지도 않은 채 책상 위의 서류 더미를 들추곤 했던 내가 바랄 바도 아니긴 하다.

그러함에도 앞서 나의 고언이 하나라도 받아들여져 인류 평등의 대의가 구현되는지, 솔직하게는 강고한 신분상의 차별이 해소되어 사람다운 일터가 되고 있는지는 최대한 관심을 기울여 전해 들을 것이다.

바로 누구겠는가?

내 조기 퇴직을 위한 확고한 옵션이라고도 볼 수 있는 우리 큰아이 말고는……. 그러니까, 이번 신규 계약직 특채자를 통해서 보고 듣지 않는 한 오랜 일터에서 쫓겨난 것이나 진배없는 내가 그걸 확인할 방법이 달리 있을 수나 있겠는가?

이른바 7080 꼰대의 시각으로
지금 여기 소소하고 비천한 삶의 모습을 담으려고 하였다.

편의상 혼자서, 집에서, 밖에서라는 구획 아래 물리적으로
여섯씩 모두 열여덟 편의 짧은 에피소드들을 모아보니
난데없는 콩트집으로 어설프게나마 구색이 갖추어지기는 했다.

제목에서 암시하는 바대로 깨알 같은 반전을 심어두려
무진 애를 쓰는 과정에서 가장 모순된 존재가 다름 아닌 바로 글쓴이
자신이라는 신산한 깨달음만 거둬들인 것은 아닌지 모르겠다.

그것 역시도 서글픈 우리네 삶의 한 단면이라는 진실을
아직 품어 안을 채비도 되어 있지 않은데…….

값 10,000원
03810

9 791137 274433
ISBN 979-11-372-7443-3